A ORDEM DO
CAOS

REGINA HENNIES

A ORDEM DO
CAOS

A Ordem do Caos
© 2013 • Regina Hennies

Mundo Maior Editora
Fundação Espírita André Luiz

Diretoria Editorial: Onofre Astinfero Baptista
Editor: Jorge Alexandre de Lima
Assistente Editorial: Marta Moro
Capa e diagramação: Helen Winkler
Revisão: Equipe Mundo Maior

Rua São Gabriel, 114
Guarulhos/SP - CEP 07056-090
Tel.: (11) 4964-4700

www.mundomaior.com.br
e-mail: editorial@mundomaior.com.br

1ª edição - 2013

Dados Internacionais de Catalogação na Publicação (CIP)
(Câmara Brasileira do Livro, SP, Brasil)

Hennies, Regina
A ordem do caos / Regina Hennies. --
São Paulo : Mundo Maior Editora, 2013.

1. Ficção - Literatura juvenil 2. Ficção
espírita I. Título.

13-01643   CDD-133.93

Índices para catálogo sistemático:
1. Ficção espírita   133.93

A reprodução parcial ou total desta obra, por qualquer meio,
somente será permitida com a autorização por escrito da Editora
(Lei nº 9.610 de 19.2.1998)

DEDICATÓRIA

Dedico esse livro aos meus pais, Ludovico e Maria Elza, que me ensinaram coisas importantes como Otimismo, Alegria, Honestidade, Boa Vontade, Perseverança, Amor ao próximo. E ao meu filho, Wendell, que veio ao mundo para confirmar tudo isso.

AGRADECIMENTOS

Pessoas queridas tiveram a paciência de ler esse trabalho antes do ponto final e contribuíram na construção de um texto melhor. Este é o momento de retribuir o carinho. Obrigada, Andressa Hennies Jorge Leite, Claudia Cricenti, Cesar Augusto das Neves, Deborah Pastor, Dulce Parciasepe, Expedito Jorge Leite, Jorge Antonio Dias, Luiz Otávio Hennies, Mercy Hennies, Miriam Rodrigues Acciari, Mônica Callipo e Simone Tavares.

Agradeço também aos amigos incentivadores, especialmente à Maida Novaes e seus sábios conselhos.

SUMÁRIO

Apresentação 11

Capítulo I - Enfim, um carinho!................... 13

Capítulo II - Repensando a vida 35

Capítulo III - Encontrando respostas........... 55

Capítulo IV - A prática da vida.................... 71

Capítulo V - Trabalhando muito sério 85

Capítulo VI - Vivendo no passado............. 113

Capítulo VII - Esse é o cara!...................... 137

APRESENTAÇÃO

Confusão, maldade e violência estão no dia a dia do lindo Planeta Terra. Mas estão também os homens de Boa Vontade, aqueles dos quais Jesus falou!

E, graças a esses seres, a vida fica perfeita. Afinal, até no caos existe uma ordem.

Acredite, galera, nem tudo está perdido! E veja neste livro quem faz questão de contar aos mais jovens uma nova história, porque ele sabe que vocês estão mudando o mundo! E ele quer – e pode – dar uma boa ajuda!

Contem com isso!

A autora

CAPÍTULO I

ENFIM, UM CARINHO!

O nome dele era Lúcifer. Que ideia de sua mãe batizá-lo assim! Todos os adultos se assustavam com ele! As crianças, não. Essas não entendiam o motivo do pavor. Até que era um nome bonito! Afinal, antes de aprontar, Lúcifer era um anjo como qualquer outro. Então, é nome de anjo!

Mas, enfim, ele tinha que conviver com isso. E, para falar a verdade, não estava nem um pouco preocupado com o mal-estar que isso lhe causava nem entendia o motivo de tanto barulho.

E Lúcifer era um bom menino. Na escola, era comportado e esforçado, inteligente; sempre se destacava entre os coleguinhas pela clareza e rapidez de raciocínio.

E Lúcifer tinha um anjo da guarda, como todo mundo. Havia também um ser que o observava de longe, com muito carinho. Era ele. O próprio anjo caído. E adorava aquele menino, embora tentasse disfarçar de sua turma seu verdadeiro sentimento.

Afinal, isso não era muito normal: (era o que ele dizia sempre!) sentir Amor. Mas, como todos os seres do Universo possuem seu lado bom, aquele moço das trevas (ele gostava de ser chamado assim) também tinha.

Ele estava orgulhoso (no bom sentido) de que, finalmente, existia um ser humano com o seu nome! Puxa, demorou tanto para receber este carinho! Existem tantos Josés, Joões, Abraões, Jacós, Pedros e nenhum Lúcifer! "Que coisa mais sem nexo!", pensava. Afinal, sou tão importante quanto esses outros aí. Estou até na Bíblia!

E veja que Deus (o "Paizão", como ele dizia) mandou um menino lindo, bondoso e especial para Terra e sugeriu (discretamente) à sua mãe que lhe desse o nome de Lúcifer. "Ora, se não é para me fazer um carinho!?!", pensava o moço das trevas com os seus botões. (Ele não comentaria isso com sua turma! Poderia perder seu posto!)

Bem no fundo do seu coração (e ele tinha um, sim!), o anjo caído estava tão feliz e emocionado que ficava difícil não pensar no assunto. Mesmo porque o seu lado bom estava doidinho para aparecer depois de tanto tempo!!! Mas bastava alguém chegar perto e ele voltava ao seu eterno papel de mau, um cara sisudo, mal-educado. Afinal, essa era a sua vida.

Mas o nosso pequeno Lúcifer vivia tranquilamente em sua casa. Seus dias eram iguais aos de outros garotos da sua idade: estudar e brincar muito. Essas eram suas obrigações.

Lúcifer, no entanto, mostrava-se muito mais alegre que todos os seus amiguinhos juntos. Seu sorriso iluminava tudo. E, a cada demonstração de sua felicidade, o anjo caído sentia um friozinho gostoso na espinha.

"Que conexão maluca essa!", indignava-se. Aí, então, ele lembrava que o Amor tinha dessas coisas. Uma espécie de telepatia, sei lá! Enfim, um sentimento tão poderoso quanto este, só podia ser assim. E Lúcifer, o anjo caído, sabia que o poder do Amor é muito grande... "enorme... imenso-o-o-o-o-o-!!!", ironizava.

Um dia, o pequeno Lúcifer fez uma arte qualquer e acabou por se machucar um pouco. Lúcifer, o anjo das trevas, teve um acesso de pai e deu uma bela bronca (por vias do pensamento, é claro!) em seu queridinho. Quando caiu em si, ficou envergonhado! "Ai, se alguém me escuta! Como posso condenar uma travessura? Ainda mais tão pequena? Acho que estou maluco! Eu devia incentivá-las! Mas, quando se trata desse pequeno, não admito que nada de mal lhe aconteça!!! Ó meu Deus! Acho que preciso de terapia!".

E o Pai Celestial, que tudo ouve e tudo vê, ficou feliz com o pedido de Seu filho desviado e tratou de encomendar um dos melhores terapeutas para Lúcifer, o anjo caído. É claro que tudo tinha de ser feito sutilmente, como se fosse "obra do acaso"! (E Deus faz isso muito bem!!!). E então...

Lúcifer (Espírito) andava de um lado para o outro

em seu quarto lá no inferno, preocupado com a confusão de seu tolo coração. (É, coração quando ama fica tolo, não é?).

De repente, viu um certo Ser que entrou no seu quarto, alojando-se em uma cadeira ao lado de um divã propositadamente ali colocado. Pensou: "Estou sonhando, pois não? Quem é esse barbudo, com cara de Papai Noel?".

LÚCIFER – Ei, escute, cara! De onde você surgiu?

TERAPEUTA – Ora, amigo. Foi você quem me chamou, esqueceu?

LÚCIFER – Eu o chamei? Nem falei nada...

TERAPEUTA – Como não? Você não é o Edgar, que telefonou há dez minutos para o "SOS Venha Conversar Comigo Inc."?

LÚCIFER – Eu? Meu nome não é Edgar!

TERAPEUTA – Ah, desculpe. Eu me enganei de quarto! Tudo bem já estou saindo...

LÚCIFER – Não, não! Fica. Eu estava mesmo pensando em chamar alguém para conversar.

TERAPEUTA – É mesmo? Puxa, que coincidência! Poderoso você, hein? Pensa em mim e eu erro de quarto. Legal, meu! Vá ter poder assim lá no Céu!!! Opa, desculpa! Foi uma brincadeira...

LÚCIFER – Sei não! Isso está cheirando estranho...

TERAPEUTA – Ah, é um perfume barato que comprei no Paraguai. Bem que eu o achei meio forte!

LÚCIFER – Olha, quer saber? Não importa como você chegou aqui. Eu estou precisando mesmo conversar. E é isso que eu vou fazer...

TERAPEUTA – Sou todo ouvidos...

LÚCIFER deitou-se no divã e começou a falar.

LÚCIFER – Olha, cara. Tem alguma coisa errada... Feche a porta do meu quarto que os meus súditos não podem ouvir isso.

TERAPEUTA – Súditos? Quem você pensa que é?, diz o Ser, fechando a porta do quarto.

LÚCIFER – Eu sou o príncipe das trevas, cara! Está me estranhando? Sou o todo-poderoso da Terra. Armo os maiores barracos, dou o maior trabalho para o Paizão lá em cima...

TERAPEUTA – Ah, é! Eu tinha me esquecido disso. É que, hoje em dia, você tem tanta concorrência! Também resolveu criar um monte de pestinhas iguais a você! Daqui a pouco, perde o trono.

LÚCIFER – Cara, você está me irritando!

TERAPEUTA – Desculpe-me! Eu esqueci que hoje vim aqui para ajudar. Amigos?

LÚCIFER – Está bem! Mas me escute e me ajude a entender o que está acontecendo. Ei, e o tal de Edgar?

TERAPEUTA – O que é que tem?

LÚCIFER – Como é que ele fica? Você não veio aqui para tratar dele?

TERAPEUTA – Amigo, a essa altura, já tem outro terapeuta cuidando dele... Mas muito interessante

21

isso de você, o "malvadão", ficar se preocupando com o próximo... Quando começaram esses sintomas?

LÚCIFER – Poxa, cara! É esse o meu dilema! Desde que nasceu um menininho muito doce lá na Terra, e sua mãe lhe deu o nome de Lúcifer, estou pirando!

TERAPEUTA – Por quê? O que tem isso de mau?

LÚCIFER – Aí é que está! Não tem nada de mau. Tem de bom! E você sabe como é o Amor, não? Uma sementinha só e já faz o maior jardim florido. Não consigo mais voltar atrás. É uma praga! Um caminho que não tem volta. Pior que as drogas!

O terapeuta disfarçou um sorrisinho de felicidade:

TERAPEUTA – É, amigo. O Amor, quando resolve se instalar no coração, não tem mais cura!

LÚCIFER – Como não, cara?! Você acha que eu posso ficar assim todo dengoso, meigo, derretido igual manteiga na frigideira, só por causa desse bendito sentimento? Quer estragar minha reputação? Sou homem disso, não! Preciso honrar o cargo que o Paizão me deu!

TERAPEUTA – Ah, então, isso é um cargo, uma missão?

LÚCIFER – Não, não! Quer dizer, eu sou ruim mesmo! Rebelei-me contra a Divindade e ponto final! Eu sou mais eu. Meu mundo é mais legal, entende? Sentir ódio, raiva, inveja, isso é que tem de ser. Aí, vira tudo uma bagunça. Fica todo mundo fazendo malvadeza e... (pensando bem e receando) se alguém aprontar com o pequeno Lúcifer? Não pode, ele é tão indefeso, tão fofinho, tão bondoso... (caindo em si). Ah, aí, está vendo, já melei tudo...

TERAPEUTA – Interessante! Mas eu acho que você não deve lutar contra isso!

LÚCIFER – Como não? Eu sou o diabo em pessoa! Não posso ser bom, sentir Amor!

TERAPEUTA – Quem disse que não? Quem foi que instituiu que você só pode ser de um jeito e ponto final? Se liga, cara! O que é isso? São os outros que mandam em você, que dizem como você deve ser ou não?

LÚCIFER – Mas... mas...

23

TERAPEUTA – Quem foi que disse que o diabo tem de ser ruim? Quem? Quem? Quem? Oras... isso é mera invenção humana!

O Anjo das trevas fica perplexo e começa a acreditar no que o terapeuta diz.

TERAPEUTA – Você não tem personalidade, não? Imagina, o diabo é mau! Quem acredita nisso?

E Lúcifer começa a perder a paciência:

LÚCIFER – Ei! Você é que está passando dos limites.

Para e analisa sua atitude:

LÚCIFER – Ó, está vendo? Eu tenho pavio curto, sou um cara sem paciência, "me invoco" à toa. Está vendo? Isso é ser mau!

TERAPEUTA – Se é mau só por causa do pavio curto, então é um anjo de bondade!

LÚCIFER – Ah, nem vem com esse papo! Escuta, você está aqui para me ajudar e não para me enrolar. Portanto, seja sincero: você acha que tem como arrancar essa semente de Amor do meu coração?

TERAPEUTA – Ah, acho difícil, amigo! Porque, na verdade, ela não foi plantada aí, agora. Ela vem com você desde que foi criado. Essa semente é um carinho especial que Deus coloca em todos os Seus filhos. Em alguns casos, como o seu, ela só fica quietinha, esperando a hora de brotar. E quando começa...

LÚCIFER – Não, não e não! Vamos dar um jeito de acabar com isso, arrancar essa semente e tirar esse "sentimentozinho" da minha vida!

TERAPEUTA – Mas você já percebeu que não dá? Que é um caminho sem volta?

LÚCIFER – Cara, o que é que eu faço? Como é que vou explicar pra esse bando de pestinhas que ajudei a criar que "o negócio não é bem assim", "que o Bem sempre vence o mal", "que o Amor é maior que tudo".... blá, blá, blá, blá, blá.... Como, como, como??? Durante tanto tempo eu fiz com que essa grande ilusão cegasse muita gente, coloquei em seus corações que o mal pode tudo, que o certo é ser egoísta, pensar somente em si mesmo! Eu sempre soube, é claro, que isso seria temporário, pois o Paizão é que está certo, mas, sabe, as pessoas gostam de sentir o "poder" que essa ilusão cria. E isso torna meu trabalho mais fácil. Elas escolhem o meu caminho porque a resposta é mais rápida. Eu optei pelo "fast-premium" porque sei que os homens são apressadinhos e um tanto quanto preguiçosos!

TERAPEUTA – Pois é, só que agora está mais do que na hora disso tudo mudar!

LÚCIFER – (pensativo e cabisbaixo) Eu sabia que esse dia chegaria! Não tem mais jeito! (mudando de ideia) Mas tem jeito, sim! O que é isso? E o monte de pestinhas que eu criei? Você acha que dá pra acabar com uma raça inteira de diabos só porque o "diabo-chefe" está em crise? É uma pena, mas as mudanças neste sentido não acontecem assim tão rapidamente!

TERAPEUTA – É uma pena? (achando estranho o diabo dizer isso).

LÚCIFER – Xi... está vendo? (mas seriamente): No fundo, tudo o que preguei desde o "tombo", eu sempre soube que seria ilusório e passageiro. Claro, todo o estado do mal é uma grande ilusão. Essa lição eu aprendi muito bem. Por isso eu soube "criar" tanta maldade. É fácil. É muito fácil. Iludir-se é muito fácil. Você sabe disso, não?

TERAPEUTA – Sei sim, meu amigo! E estou percebendo em você uma grande mudança. E sabe por quê? "Alguma coisa" despertou dentro do seu coração todo o verdadeiro poder.

LÚCIFER – E você acha que não sei disso? Quem melhor do que eu sabe usar esse poder que todos têm dentro de si, exatamente para fazer com que ninguém acredite nisso? Eu sou o diabo em pessoa. Portanto, sou a Ilusão em pessoa. Como ser das trevas, eu não existo. Mas quem realmente sabe disso? Por isso me dou tão bem... ou tão mal... sei lá! Só que eu sabia que meu coração sempre estaria exposto ao Amor. Por isso, também me cerquei de ódio, de energias pesadas e negativas. Mas esqueci do detalhe que a Luz penetra as trevas... Quando chegou a hora, dancei, como todo mundo! Um dia, a gente volta ao Pai... Acho que está chegando meu tempo!

TERAPEUTA – Você desiste tão fácil assim? (provocando Lúcifer)

LÚCIFER – Bom, eu posso estar enganando você, fazendo todo esse drama só para tentar convencê-lo de que eu fiquei bonzinho. Sou mestre nisso, cara! Mas, no fundo, estou desistindo de alguma coisa... só não sei ainda o que é. É claro que não posso deixar essa bagunça como está e simplesmente mudar de lado! As pessoas vão achar estranho, podem se confundir ainda mais... Está vendo? Quando você passa para essa estrada, a responsabilidade o pega pela perna!

TERAPEUTA – Mas você já conhecia tudo isso! Assim é mais fácil. A turma lá debaixo, que você "educou", não passou por essa experiência...

LÚCIFER – Como não, cara? Somos todos filhos do mesmo Pai, viemos da mesma Essência. Eu só sou um pouco mais velho, já tinha alcançado certa "Luz".

TERAPEUTA – O que você pretende fazer?

LÚCIFER – Não sei! Vou pensar. Depois eu lhe digo. De qualquer maneira, obrigado por você ter vindo. Eu sei bem Quem mandou você...

O Livro dos Espíritos

121. Por que certos Espíritos têm seguido o caminho do bem e outros o do mal?

"Eles não têm o seu livre-arbítrio? Deus não criou Espíritos maus; criou-os simples e ignorantes, aptos para o bem e para o mal. Os que são maus, assim tornaram-se por sua própria vontade."

122. Como podem os Espíritos, em sua origem, quando ainda não trazem a consciência de si mesmos, ter a liberdade de escolher entre o bem e o mal? Há neles um princípio, uma tendência qualquer que os leve mais para um caminho que para outro?

"O livre-arbítrio se desenvolve à medida que o Espírito adquire a consciência de si mesmo. Não haveria mais liberdade, se a escolha fosse provocada por uma causa independente da vontade do Espírito. A causa não está nele, é exterior a ele, nas influências às quais cede em virtude de sua livre vontade. Essa é a alegoria da queda do homem e do pecado original: alguns cedem à tentação, outros resistem."

122a. De onde vêm as influências que se exercem sobre ele?

"Dos Espíritos imperfeitos que tendem a envolvê-lo e dominá-lo e que se comprazem por fazê-lo sucumbir. Foi o que se quis representar pela figura de Satã."

122b. Tal influência só se exerce sobre o Espírito em sua origem?

"Ela o segue na vida de Espírito, até que ele tenha de tal maneira obtido o domínio sobre si mesmo, que os maus desistam de obsidiá-lo."

123. Por que Deus permite que os Espíritos tomem o caminho do mal?

"Como ousar pedir a Deus contas de Seus atos? Poder-se-ia pensar em penetrar em Seus desígnios? Entretanto, pode-se dizer isto: a sabedoria de Deus se manifesta na liberdade de opção que concede a cada um, porque assim cada qual tem o mérito de suas obras."

124. Havendo Espíritos que, desde o princípio, seguem o caminho do bem absoluto e outros o do mal absoluto haverá graduações entre esses dois extremos?

"Sim, certamente. E são a grande maioria."

125. Os Espíritos que seguiram o caminho do mal poderão chegar ao mesmo grau de superioridade que os outros?

"Sim, mas as eternidades serão mais longas para eles."

Por essa expressão, as eternidades, deve-se entender a ideia que têm os Espíritos inferiores da perpetuidade de seus sofrimentos, porque não lhes é dado ver o termo. Essa ideia se renova em todas as provas nas quais sucumbem.

126. Os Espíritos que chegam ao grau supremo, após terem passado pelo mal, têm menos mérito que os outros aos olhos de Deus?

"Deus os contempla com o mesmo olhar e ama a todos da mesma forma. São chamados maus, porque sucumbiram: antes, eram apenas simples Espíritos."

Nota da autora:

O Pai ama a todos sem qualquer distinção! Ele é só Amor! Impossível imaginar que qualquer um de Seus filhos não receba de igual maneira Suas bênçãos, em qualquer lugar da Imensidão onde se encontrem em qualquer Reino em que estejam cumprindo sua evolução. Ninguém está só e não é esquecido pelo Pai, esteja ainda caminhando pelos planos inferiores ou já se encontre nas escadarias da Luz.

LÚCIFER – Ei, dona!

AUTORA – Ahn... O quê?

LÚCIFER – Posso falar uma coisa?

AUTORA – Sim?

LÚCIFER – Só para reforçar: alguns homens sempre dizem que as pessoas más não têm Deus no coração.

AUTORA – Já ouvi isso. Eu também concordo com essa expressão.

LÚCIFER – Mas não é verdade, viu?

AUTORA – Não?

LÚCIFER – Claro que não. Todos têm o Pai no coração. Nascemos Dele e voltaremos para Ele.

AUTORA – Mas e as pessoas que não creem Nele? Como podem tê-Lo no coração?

LÚCIFER – Eu acho que existe muita dúvida nesses corações. As pessoas mais materialistas não admitem que a Vida Espiritual exista. Outros acreditam ainda em um Deus bravo, que cobra e castiga. Acredito que haja certa relação entre essa crença e as pessoas que não acreditam em Deus.

AUTORA – Faz sentido. Se eu visse Deus como um Ser que castiga, talvez preferisse não acreditar Nele. Mas isso ainda é ensinado por aí. Parece ser essa a única maneira de algumas pessoas "controlarem" as outras. Tipo: "cuidado, não faça isso senão você será castigado por Deus!". E, como Ele é poderoso, acreditam que os castigos sejam imensos e muito dolorosos.

LÚCIFER – Olha, o Amor é a resposta, sempre. Deus é Pura Energia de Amor. Vocês ainda estão muito confusos sobre o que é o Amor Divino. Mas isso é pura questão de tempo. Já está na hora de essa Energia tomar conta do planeta Terra. Posso continuar a história? Tenho muita coisa para contar!

AUTORA – Vá em frente!

CAPÍTULO II

REPENSANDO A VIDA

Então, Lúcifer sai pelo mundo para decidir o que fazer. Num primeiro momento, pensa em contar para as pessoas que encontra sobre as verdades que ele sempre conheceu mas que, porque falavam de amor puro, deixou de divulgar.

Porém, estava tão confuso consigo mesmo que se esqueceu de tirar sua "roupa de demônio". Roupa, modo de dizer, é claro, pois essa roupagem é emocional: cara feia, olhar sem brilho, aquela coisa de cara de mau mesmo. No caso dele, a gente já sabe, era fingimento. Depois que foi tocado profundamente pelo pequeno Lúcifer, isso virou pura fachada.

E eis que o nosso amigo encontra um mendigo, meio bêbado, na rua e vai soltando o verbo... (Só que ele não sabia que o mendigo era o terapeuta disfarçado, pois sua missão era ficar próximo de Lúcifer.)

LÚCIFER – Eu Sou o Que Eu Sou! Você já ouviu falar sobre isso?

TERAPEUTA DISFARÇADO – Uhn, não sei! (fazendo-se de ignorante), acho que não me lembro... Por quê? Quem é você, que É o que É?

LÚCIFER – Bem, amigo, esse é o princípio de tudo, sabe? O Tudo que também é Nada.

TERAPEUTA DISFARÇADO – Que é, cara? Eu é que bebo e você que fala tudo torto? Eu já estava achando-o meio estranho, com esse olhar de príncipe das trevas, coisa e tal... Agora, também está pensando que é o Criador?

LÚCIFER – Pelo jeito, você não está tão bêbado assim, não é verdade?, (desconfia do homem. E pensando baixo: Parece que o Paizão não está a fim de me deixar sozinho mesmo! Então, dirige-se ao mendigo): Olha, cara, você pode achar que é doideira, mas Eu Sou o Criador!

TERAPEUTA DISFARÇADO – Xi, dessa vez passei da conta na bebida... Ah, tá! (fingindo que perde a paciência) Além de ser o senhor do mal, você também é o Senhor do Bem? (E se vira, fingindo que fala com alguém): É isso que dá diabo querer ficar bonzinho! O cara pirou de vez!!!

LÚCIFER – Olha, não tem problema se você não acredita em mim, (diz todo manso e compreensivo). Eu entendo! A vida é assim mesmo. Já sabia que isso ia acontecer quando tudo viesse à tona. Não tem problema! Mas preciso falar sobre isso até para entender melhor essas coisas. E você é um terapeuta, não é?

TERAPEUTA PEGO EM FLAGRANTE – Sim! Ops... Você percebeu? Não deu para disfarçar, né? Desculpa, amigo! Acontece que ainda não é a hora de eu ir embora (diz tirando sua roupa de mendigo).

LÚCIFER – Você veio aqui para me ouvir, não é? Está querendo me cutucar para que eu mude de vez o meu caminho, não é?

TERAPEUTA – Não é nada disso! Bem, você chamou

por mim, na verdade. Você é quem está com problema. Eu estou aqui por mero acaso!

LÚCIFER – Ah, tá! Como se eu não soubesse que o acaso não existe... Cara, eu sou o rei da sincronicidade. Sei, mais do que ninguém, que existe a lei da Ação e Reação. Jogo com isso, tá? Nem você nem ninguém pode me superar!

TERAPEUTA – Não é esse o meu propósito!

LÚCIFER – Tá certo! Tá certo! Não liga... A verdade é que eu estou muito tocado com todo esse carinho a mim concedido.

TERAPEUTA – Vamos lá! Vou deixar de fingir que sou bêbado e você vai deixar de fingir que não precisa mais de mim, tá? Desembucha! Mas vá com calma porque você... ops..., quero dizer, eu preciso entender de vez essa história, tá?

LÚCIFER – É que, apesar de saber muita coisa, eu ando meio esquecido de alguns conceitos. Acho que, depois de tanto exercitar o mal, fiquei meio viciado. Não tenho mais jeito para falar do Bem (diz desolado).

TERAPEUTA – Imagina, amigo, ninguém perde o jeito para falar ou para ser do Bem. Isso não existe! Está tudo dentro de você. Já me falou sobre isso, lembra?

LÚCIFER – É verdade, já falei mesmo. Sabe o que é? Fiquei tanto tempo falando sobre ilusões que até parece que eu mesmo acreditava nelas.

TERAPEUTA – E não acreditava?

LÚCIFER – Claro que não, cara! Eu sempre soube manipular bem as ilusões. Foi por meio delas que criei o mal. Na verdade, o mal não existe. Ele é uma das maiores ilusões. Eu já falei isso, né? Estou me repetindo...

TERAPEUTA – Mas como pode ser isso? Por que o planeta está essa bagunça? Vai dizer que isso não é real?

LÚCIFER – A bagunça é real, mas, ainda assim, não deixa de ser uma ilusão!

TERAPEUTA – Escute, vamos para um lugar mais tranquilo para a gente conversar, porque aqui, de pé, no meio da rua, está ficando difícil!

LÚCIFER – Está bem! Vamos para aquele parque ali na frente. Cheio de árvores, provavelmente é o melhor lugar para termos essa conversa. Pensando bem, é melhor até do que ficar deitado naquele divãzinho safado...

TERAPEUTA – Ei, por que safado? Aquele divã é bem confortável!

LÚCIFER – (chegando ao parque) Nenhum lugar é mais confortável do que o Jardim de Deus! Vamos nos sentar naquele banco?

TERAPEUTA – Você está certo! Mas conhece tanto assim esse Jardim? Você não morava no inferno?

LÚCIFER – Cara, o inferno não existe! É outra ilusão! Algumas pessoas até dizem que o inferno é aqui, na Terra. Nem esses estão certos. Apesar de toda a violência e injustiça entre os homens, nem a Terra pode ser o inferno.

TERAPEUTA – Então, onde a gente estava logo no começo da nossa conversa?

LÚCIFER – No inferno!

TERAPEUTA – Eita, e agora, o que é isso?

LÚCIFER – No inferno da minha mente! Ou da minha alma... sei lá!

TERAPEUTA – Ah, tá! E eu entrei dentro do "seu" inferno. E dá para fazer isso?

LÚCIFER – (olhando com cara de desconfiança para o Terapeuta) Até parece que você não sabe disso! Vê se não abusa da minha boa vontade, tá? Ainda estou no início do meu retorno ao Pai! Posso ter recaídas e vou ser bem grosseiro com você, seu terapeuta de meia-tigela!

TERAPEUTA – Tá bom, desculpe! Sabe, é que eu preciso fazer com que você realmente entenda tudo o que está acontecendo. E, na verdade, estou tão feliz com essa história que me empolgo muito. Afinal, tudo é por uma boa causa!

LÚCIFER – Fale a verdade: foi você quem sugeriu que o menino tivesse o meu nome, não foi?

TERAPEUTA – Não. Foi Deus!

LÚCIFER – Então, também foi você!

TERAPEUTA – E todos os seres juntos... inclusive você!

LÚCIFER – Eu??? (fingindo surpresa, mas entendendo). Bom, já estava a fim de ganhar esse carinho há muito tempo!

TERAPEUTA – Então, é chegada a hora! Você sabe quanto pediu por essa demonstração!

LÚCIFER – Pois é, mas eu não podia deixar meu coração falar mais alto... Sabe como é, né?! Tenho que ter uma desculpa formal!

TERAPEUTA – Escuta, vamos nos levantar e dar uma voltinha nessa praça? O dia está lindo e sempre é bom fazer uma caminhada.

LÚCIFER – Vamos lá, companheiro! Chega de preguiça, não é mesmo? Eu queria mostrar para você algumas coisas que fiz na minha vida, das quais me arrependo muito! Sabe, é uma coisa esquisita que estou sentindo... parece que só fiz coisas erradas! O arrependimento está batendo muito forte!

TERAPEUTA – É, amigo, eu sei como funciona isso. Na verdade, quando o caminho da responsabilidade floresce, é difícil não se arrepender! Embora o conselho do Pai seja o de não sermos tão duros com a nossa própria pessoa! Procure se lembrar de que a gente faz coisas muitas vezes sem pensar, então não somos tão responsáveis assim.

LÚCIFER – Ah, isso não me diz respeito! Eu sabia muito bem o que estava fazendo! Sempre fui responsável pelos meus atos. Planejei tudo muito direitinho. Tinha noção da minha opção... (diz isso baixinho, com o olhar distante).

TERAPEUTA – Escuta, você acha que Deus não sabia o que se passava na sua mente?

LÚCIFER – É claro que Ele sabia. E eu também sabia que Ele jamais me impediria de tomar esse rumo. Ele não julga ninguém. Se a nossa opção é "x", nos apoia e nos segue de perto para ajudar nos momentos em que a gente pede a Sua ajuda e o faz sem mesmo a gente pedir, porque ele é Pai. Tudo é parte do Plano! Ele sabe que só existe um verdadeiro caminho: o de volta para Ele.

TERAPEUTA – Parece loucura, né?

LÚCIFER – Não, se a gente pensar no Propósito Divino, no ritmo natural da Vida, enfim, nas Leis criadas pelo Pai. Eu sei que, se for por aí, conseguirei me desculpar pelos meus atos. Mas, nesse momento, estou tentando entender tudo isso...

TERAPEUTA – Tarefa difícil essa porque, na verdade, tudo é tão simples que desconcerta cada tentativa de entendimento nosso exatamente porque pensamos demais, falamos demais, filosofamos demais e esquecemos que o Amor é a base de tudo. Quando entra essa palavra, então, tudo fica mais confuso! Vamos para o lado do amor-paixão, que existe entre homem e mulher, sabe?

LÚCIFER – É (diz sorrindo), eu falei para o Paizão que isso não ia dar certo! (Ri mais fortemente). Eu sabia que "ia pegar" dois seres tão diferentes tentando viver juntos, formar família! (rindo mais). Eu avisei para Ele!

TERAPEUTA – Que história é essa, cara?

LÚCIFER – Antes de eu despencar, me lembro que

Ele estava criando a mulher para ser companheira do homem e aquele blá-blá-blá que você já conhece, né?

TERAPEUTA – Hum... sei, e daí?

LÚCIFER – Daí que Ele fez um ser tão diferente do outro, mas tão diferente, que não podia dar certo juntar os dois para viverem na mesma casa! Eu falei: "Ô Deus, escuta, como é que Você quer que eles vivam em paz se um quer mandar, a outra quer manipular, o homem quer ter muitas mulheres para cuidar dele, a outra não quer que ele jogue futebol com os amigos!". Como vai ser isso?

TERAPEUTA – Ei, naquela época já existiam esses problemas? Você tá louco, cara?

LÚCIFER – Esses "problemas" são tão velhos que posso dizer que já existiam sim, tá? Mas o que importa é a essência do que eu estou falando. Não podia dar certo e, mesmo assim, Deus quis fazer!

TERAPEUTA – É claro, né? Ele sabe o que faz. Criou o homem e a mulher sabendo que, mesmo com as diferenças, um dia eles chegariam às conclusões certas, alcançariam o Amor Incondicional.

LÚCIFER – Ih, cara! Mas está longe isso! Como está longe!

TERAPEUTA – Não acho!

LÚCIFER – Claro que você não acha! Viveu tanto que pensa que já passou muito tempo e as coisas estão para dar certo! Como você é bobo (sorriu).

TERAPEUTA – Escuta aqui, ô "sabe-tudo"! Se você está me contando que até o diabo está se reformando, porque seria impossível um homem e uma mulher viverem bem, hein?

LÚCIFER (pensando bem) Ei, cara! Até que você é esperto, né? (e voltando a pensar que isso não aconteceria). Mas também é um babaca, viu? Não sabe que é mais fácil o diabo virar anjo do que um casamento dar certo? (ri alto e, depois, explica seus motivos). Enquanto esse pessoal achar que é no outro que a felicidade mora, que tudo é culpa do outro e continuar com toda essa projeção da própria vida no outro, as coisas não mudarão, meu amigo! O ser humano precisa parar de se esconder atrás da ignorância!

TERAPEUTA – Mas como parar de se esconder, se nesse mundo existe toda uma estrutura forte exatamente para promover essa ignorância, meu querido?! Existe um número pequeno de homens que, desde há muito tempo, acha que é preciso manter a ignorância dos outros para que eles fiquem no poder! E sempre a história se repete, se repete e se repete!

LÚCIFER – É claro, cara! Fui eu que falei isso para eles! Eu que estruturei essa ilusão do poder. Esses caras são muito babacas! (risos) Qualquer coisa que mostre um caminho fácil, sem responsabilidades, é grande atrativo para alguns homens! É fácil demais manipular o ser humano. E eles são bem bobinhos, pois olha só como está o mundo! Esse pessoalzinho que seguiu meus conselhos vive voltando para cá para ver se aprende e, toda santa vez, cai de novo na mesma armadilha da ilusão!

TERAPEUTA – Mas isso vai ter que chegar ao fim! Você nunca pensou que isso teria um fim?

LÚCIFER – Claro que eu sei que isso terá um fim! Não pensei que fosse chegar tão depressa esse tempo!

TERAPEUTA – Mas nem foi tão depressa assim! Pare e lembre-se de tudo desde o início. Quantos bilhões de anos já se passaram?

LÚCIFER – Está louco, cara? Se for lembrar disso, saberá quantos anos eu tenho! Isso vai aumentar muuuuuiiiiiiiito minha responsabilidade!

TERAPEUTA – E daí? Já é chegada a hora de você passar para outra mesmo. Já deu, *it's over, c'est finite*, baby! O que você pensa que está acontecendo desde o começo dessa história? Acha que alguém, sem propósito definido, colocaria seu nome numa criança conhecendo sua história e a história da Humanidade?

LÚCIFER – Você tem razão! O Paizão passou a bola para mim e, agora, eu tenho que dar conta do recado! Ei, você acha que estou preparado?

TERAPEUTA – Claro, né? Senão, você não diria nem um terço do que disse!

LÚCIFER – Bom, preciso pensar direito sobre o que vou fazer agora... Ficar só na filosofia não dá... Ou será que dá? Como é difícil!

TERAPEUTA – Viver é difícil!

LÚCIFER – É nada, cara! Viver é a coisa mais fácil, simples e bonita! O ser humano é que inventa de complicar as coisas! Vem comigo que vou lhe mostrar!

O Livro dos Espíritos

128. Os seres a quem chamamos anjos, arcanjos e serafins formam uma categoria particular de natureza diferente dos outros Espíritos?

"Não; são os Espíritos puros. Estão no mais alto grau da escala e reúnem em si todas as perfeições."

A palavra **anjo** desperta, geralmente, a ideia da perfeição moral. No entanto, aplicamo-la, reiteradas vezes, a todos os seres, bons e maus, que não pertencem à Humanidade. Dizemos: o anjo bom e o mau; o anjo da luz e o anjo das trevas; nesse caso, ele é sinônimo de Espírito ou de gênio. Tomamo-la aqui em sua acepção positiva.

129. Os anjos percorreram todos os graus?

"Eles percorreram todos os graus, mas, como temos dito, alguns aceitam sua missão sem queixumes e

chegam mais depressa; outros, empregaram maior ou menor tempo para chegar à perfeição."

130. Se a opinião que admite seres criados perfeitos e superiores a todas as outras criaturas é incorreta, como se explica que estejam na tradição de quase todos os povos?

"Esteja certo que seu mundo não existe de toda a eternidade e que muito antes que ele existisse, já havia Espíritos no supremo grau de perfeição. Por causa disso, os homens acreditaram que teriam sido sempre perfeitos."

131. Existem demônios no verdadeiro sentido da palavra?

"Se houvesse demônios, seriam obra de Deus. E Deus seria justo e bom se tivesse criado seres eternamente voltados ao mal e à infelicidade? Se há demônios, residem em mundos inferiores como a Terra e em outros semelhantes. São esses homens hipócritas que transformam o Deus justo em um Deus mau e vingativo e que acreditam lhe ser agradáveis pelas abominações que cometem em seu nome."

Nota da autora:

Seres de Luz, nossos Irmãos maiores, nos

acompanham e nos orientam por intermédio de inspirações, sonhos, intuições ou até de maneira mais direta, conforme nossa sensibilidade assim o permita. Também nossos irmãozinhos que ainda não trilham pelos caminhos do Amor podem nos influenciar, caso nossas vibrações estejam em frequências iguais. Muitas vezes, para tirar de cima de nós a culpa, chamamos esses seres de "demônios" e transferimos a eles nossa responsabilidade, culpando-os e nos transformando em vítimas.

LÚCIFER – Ei, dona!

AUTORA – O que foi? Estou somente reforçando algumas coisas que você diz na história!

LÚCIFER – Tudo bem. Eu só queria fazer uma pergunta.

AUTORA – Sim, o que é?

LÚCIFER – Do fundo do seu coração: você acha que eu sou culpado pela decadência do Homem?

AUTORA – Bom, eu realmente acho que cada um tem sua parte de responsabilidade. Mas não posso culpar outra pessoa pelas minhas escolhas, sejam elas malfeitas ou não. Então, eu acho que você é responsável apenas por seus atos e as consequências deles sobre a Humanidade. Mas culpado... Isso é outra história.

LÚCIFER – Você está dizendo que o diabo não tem culpa do mal que aflige o mundo?

AUTORA – Quem tem culpa do mal que aflige o mundo é o próprio homem. Aqueles que o seguiram, que optaram pelo caminho do mal, são culpados por suas próprias vidas. Mas sabe? Não gosto de falar em culpa. Acaba levando ao julgamento, e isso é péssimo! Um dos meus objetivos é deixar o julgamento de lado.

LÚCIFER – Está conseguindo?

AUTORA – Nem sempre. (pausa) Quase nunca.

(silêncio). Você pode continuar a história?

CAPÍTULO III

ENCONTRANDO RESPOSTAS

TERAPEUTA – Aonde a gente vai agora, amigo?

LÚCIFER – Vamos ficar nas alturas e tentar compreender o que é a vida!

TERAPEUTA – Nas alturas?

LÚCIFER – É. Suba aqui comigo!

TERAPEUTA – Você não acha que aqui de cima desse prédio a gente está muito longe dos seres humanos?

LÚCIFER – Pode ser! Mas estamos mais perto de Deus...

TERAPEUTA – Oh, que lindo! Falou o poeta...

LÚCIFER – Eu estou brincando. Os homens é que gostam de falar assim. Ainda não se convenceram de que Deus está dentro de cada um. Por isso olham para cima quando rezam em vez de concentrarem sua energia no próprio peito.

TERAPEUTA – Mas é claro, né? Tudo o que aprenderam foi que Deus está no céu! Nesse céu, aqui em cima...

LÚCIFER – Mas já tem bastante gente contando para eles que Deus não está parado aqui em cima, só olhando lá para baixo! E, além disso, o Homem há milhões de anos sabia disso muito bem.

TERAPEUTA – Foi aí que você entrou nessa história, mocinho!

LÚCIFER – Eu sei! Por isso é que tenho que ajudar o bobão a sair do buraco. Eu também sou burrinho, né?! Vou ter tanto trabalho! Levá-los para o mal foi um caminho fácil. Essa é uma estrada rápida, embora errada e muito complicada. Por isso lhe disse que a vida é simples. O bom caminho é simples, tranquilo no sentido da nossa consciência. Mas, depois desses anos todos – e com todos os vícios que os seres humanos adquiriram –, não será tão fácil mostrar-lhes a verdade. Quer dizer, mostrar não é difícil. O problema será limpar as energias escuras e fazer com que eles sigam o caminho do Bem depois de tantos vícios!

TERAPEUTA – Pois eu devia bancar o malcriado e dizer: "Benfeito! Agora, se vire, cara!" Mas isso é seguir o padrão que você criou, não é mesmo? Não posso fazer isso!

LÚCIFER – Por que não, se eu fiz isso com muita gente? Vou ter que levar na cara por muitas vezes essa "chamada"!

TERAPEUTA – Quem disse que precisa ser dessa maneira?

LÚCIFER – A Lei disse, cara. É preciso seguir a Lei. Você, que é um "Anjo do Senhor", sabe disso muito bem! E não é porque já está na posição de anjo que precisa ser bonzinho comigo, não! Lembre-se, cara, eu sou... ou fui... o diabo-mor!

TERAPEUTA – Que também já foi Anjo! Ou esqueceu-se disso? Além do mais, vocês gostam muito de fazer da Lei o que é melhor (segundo pensam) para vocês mesmos.

LÚCIFER – O que é isso agora? Vai dizer que a Lei é errada? Que a gente não paga pelo que faz? Que não existe Ação e Reação?

TERAPEUTA – Não é nada disso que estou dizendo! Deus está acima de todas essas coisas que vocês acham que são certas ou erradas. Aqui na Terra, os assuntos são vistos de uma maneira muito racional ainda. Não é bem assim o negócio. Cada ser vivo é especial para o Pai. Sem nenhuma preferência. O que vale é a história escrita por cada um. Isso é o que conta. E tem mais: somos todos ligados uns aos outros de uma maneira muito forte, mas ainda desconhecida de vocês.

LÚCIFER – Acha que eu não sei disso? Esqueceu-se de quem eu sou?

TERAPEUTA – Não, não me esqueci. Você é que se esqueceu que, quando fez a opção pela sua missão, deixou de lado algumas coisas que já tinha alcançado pela evolução. Na verdade, deixou essas coisas de lado, mas não as esqueceu. Sabia que voltaria para o caminho. Mas passou a entender o mundo com os olhos de um ser vivo em evolução neste planeta.

LÚCIFER – Hum... acho que estou entendendo! E como é que poderei recuperar os conhecimentos que tinha antes dessa, digamos, troca de missão?

TERAPEUTA – Bom, ninguém costuma perder os conhecimentos adquiridos! Esse termo não cabe bem nessa história porque acho que você tem é que recomeçar. Mas o seu recomeçar é diferente porque também é um ser único. Não por ser Lúcifer, com toda a sua história, mas também – e talvez só por isso – por ser filho de Deus.

LÚCIFER – É, faz sentido. Se cada um de nós é único...

TERAPEUTA – E porque cada um de nós é único, a lei a qual se referiu não é a Lei, aquela, com letra maiúscula. A Lei de verdade não diz para fazer com o outro o que fizeram com você. Muito pelo contrário. O correto é "Não faça aos outros o que não queres que te façam". E até essa frase, que foi dita por Jesus, pode parecer mesquinha se você segui-la ao pé da letra, só para não ser alvo de coisas ruins. Obviamente, nosso Amado Mestre não quis dizer essa frase nesse sentido, mas também Ele sabia como muitos homens a entenderiam.

LÚCIFER – Pois é, cara, aí eu entro novamente deturpando todas as boas palavras! Está difícil merecer paz na minha consciência, né?

TERAPEUTA – Olha, amigo, você está fazendo exatamente o que fazem os seres humanos que se arrependem de seus pecados. Se ficar insistindo nessa tecla da culpa, vai perder tempo nesse seu recomeço!

LÚCIFER – Mas isso faz parte desse processo. Eu ainda estou na fase do arrependimento! E, depois, Deus não vai me julgar por isso e eu tenho todo o tempo do mundo!

TERAPEUTA – Olha, amigo, entendo o que quer dizer, mas essas coisas pesam menos quando o ser está em outra fase de sua evolução. Acho que você já é bem experiente, para não dizer velhinho, para isso, não acha?

LÚCIFER – Tá certo. Acho que quero é ganhar tempo para pensar no que devo fazer pra consertar tudo isso.

É muito difícil, cara!

TERAPEUTA – Que tal lembrar-se do seguinte: você é responsável, sim, por muitas coisas. Mas existe em cada caso, em cada ser humano que foi tocado por você, a parte da responsabilidade dele. Afinal, ele também é filho do mesmo Pai, foi criado com as mesmas características suas (e de todos os seres da Criação) e, portanto, tinha condições de fazer suas próprias escolhas. Cada um que seguiu suas instruções, preferiu o caminho da ilusão, do falso poder, o caminho mais fácil. A sua responsabilidade vai até um ponto. A partir daí, é com cada pessoa em particular. Todos, sem exceção nenhuma, têm uma história própria e responsabilidade pelo caminho escolhido. Então, amigo, você deve entender e consertar a sua parte. Não a de seus irmãos-seguidores. Senão, como vai lidar com o fato de que muitos ainda continuarão sem enxergar a Luz, fazendo maldades consigo mesmo e com o próximo, por mais que você, o "diabo-mor", como gosta de dizer, fale a eles que não é mais por aí que devem seguir? Cara, muitos vão dizer que você não é quem está dizendo ser, percebe?

LÚCIFER – É mesmo! Puxa, que coisa estranha lidar

por esse outro lado com esses argumentos que eu mesmo divulguei! E agora, o que eu faço? Os caras não vão acreditar em mim! Também, eu cansei de falar que só era para acreditar nos outros enquanto eles diziam coisas que interessassem! Oh Deus! Como vou fazer agora?

TERAPEUTA – Bom, isso você é quem vai ter que descobrir. Eu estou aqui para tentar ajudá-lo, mas as respostas são suas. Estão dentro de você, segundo sua própria teoria!

LÚCIFER – É, e às vezes parece que tudo isso é uma loucura porque você diz que está aqui para me ajudar, mas me coloca perguntando e respondendo a mim mesmo e ainda dizendo que sou eu que vou ter de sair dessa!

TERAPEUTA – E não é mesmo?

LÚCIFER – Pô, cara, mas eu estou precisando de um colo!

TERAPEUTA – Mas você é maior e mais pesado que eu! Não vou aguentá-lo!

LÚCIFER – Cara, eu estou falando sério!

TERAPEUTA – Eu também, amigo! Certamente, Nosso Pai, nesse exato momento, está carregando nós dois em Seu Divino Colo. Estou tão confuso quanto você, embora minha missão seja a de ajudá-lo!

LÚCIFER – Olha, mocinho! Eu não sei qual é a sua nem a do Paizão...

TERAPEUTA – Claro que sabe!

LÚCIFER – Pô, meu! Dá uns instantes de inconsciência pra mim, por favor? Eu estou precisando de um tempo para pensar em outras coisas!

TERAPEUTA – Outras coisas? Você quer falar sobre algo mais concreto agora?

LÚCIFER – Talvez!

TERAPEUTA – Então, tá! Vamos dar uma volta por aí!

O Livro dos Espíritos – **O bem e o mal**

629. Que definição pode-se dar à moral?

"A moral é a regra de boa conduta e, portanto, da distinção entre o bem e o mal. É fundamentada sobre a observação da lei de Deus. O homem conduz-se bem quando faz tudo visando ao bem e para o bem de todos, porque então observa a lei de Deus[1]."

630. Como se pode distinguir o bem do mal?

"O bem é tudo o que está conforme à lei de Deus, e o mal tudo que dela se afasta. Assim, fazer o bem é conformar-se com a lei de Deus; fazer o mal é infringir essa lei."

631. O homem tem por si próprio os meios de distinguir o bem e o mal?

"Sim, quando acredita em Deus e quando o quer saber. Deus lhe concedeu a inteligência para discernir um do outro."

632. O homem, que está sujeito ao erro, não pode se enganar na apreciação do bem e do mal

---

[1] Allan Kardec define o Espiritismo da seguinte forma: "O Espiritismo é ao mesmo tempo uma ciência de observação e uma doutrina filosófica. Como ciência prática, ele consiste das relações que se podem estabelecer com os Espíritos; como filosofia, ele compreende todas as consequências morais que decorrem dessas relações". (KARDEC, Allan. *O que é o Espiritismo*. Preâmbulo, 39ª ed. Araras: IDE, 1999, p.12). O Espiritismo é a aplicação legítima dos postulados de Jesus, pois demonstra ao homem a absoluta necessidade de sua transformação, autoaperfeiçoando-se e conformando a conduta ao conhecimento, de modo a servir como modelo aos demais. (Ver também KARDEC, Allan. *O Evangelho Segundo o Espiritismo*, c. 17, it.7). *(N. do E.)*

e acreditar que faz o bem quando em realidade fez o mal?

"Jesus disse: 'Tratai aos outros como quereríeis que os outros vos tratassem'. Tudo se resume nisso; desta forma, não se enganarão."

633. A regra do bem e do mal, que se poderia chamar de *reciprocidade* ou de solidariedade, não pode se aplicar à conduta pessoal do Homem para com ele mesmo. Poderá ele encontrar, na lei natural, a regra dessa conduta e um guia seguro?

"Quando se excedem na alimentação, isso lhes faz mal. Pois bem, é Deus quem lhes dá a medida do que é necessário. Quando a ultrapassam, são punidos. É o mesmo para com todas as coisas. A lei natural traça para o homem o limite de suas necessidades; quando ele o ultrapassa, é punido pelo sofrimento. Se o homem escutasse, em todas as coisas, essa voz que lhe diz basta, evitaria a maior parte dos males de que acusa a Natureza."

Nota da autora:

Cada vez que voltamos para esse planeta, em uma nova encarnação, tudo aquilo que conquistamos em termos de saber fica armazenado em nosso Espírito. A recente vida que se apresenta traz desafios e oportunidades em novos aprendizados. Ou mesmo traz aprendizados que ainda representem desafios à nossa Essência e que precisam ser lapidados. Penso que essa é a eterna luta entre o Bem e o mal. Cada ser está em uma etapa de sua evolução, muitos se encontram (e se reencontram) juntos nesse momento e a cada um é dado segundo sua obra e seu merecimento. E todos continuam escrevendo suas histórias, com base em suas experiências e vivências e, assim, escrevemos juntos a história do mundo.

LÚCIFER – Posso acrescentar uma coisa?

AUTORA – Fique à vontade.

LÚCIFER – Quanto mais cada ser se esforçar em sua Reforma Íntima, mais rapidamente poderá escrever uma nova história para o planeta. Se cada um mudar o seu mundo particular, fizer a sua parte, a Roda da Vida vai girar a favor do Bem.

AUTORA – Otimista você, hein? Mas os valores morais estão bem invertidos hoje em dia. Atualmente, o que mais conta é o dinheiro! E o poder que as pessoas acreditam que têm por causa dele. Esse poderio econômico traz muita coisa ruim para o Homem, como a corrupção, o tráfico de drogas e muitas outras coisas.

LÚCIFER – E tudo por opção de cada um. Pela ganância, pelo egoísmo, pela falta de respeito e amor ao próximo. Isso tudo vai mudar, acredite! Somente por essa certeza é que tenho alguma paz de espírito! Bom, vou continuar a história. Tenho muito trabalho pela frente!

CAPÍTULO IV

A PRÁTICA DA VIDA

LÚCIFER e seu amigo descem do prédio e começam a andar pelas ruas. O Terapeuta sugere que eles entrem em um banco.

LÚCIFER – Isso! Vou fingir que sacarei um "money".

TERAPEUTA – Você pode fingir o que quiser, ninguém o está vendo mesmo!

LÚCIFER – Pô, você corta a graça de tudo, né?

TERAPEUTA – Menos a Graça do Senhor!

LÚCIFER – Ai, ai, ai, Anjo e engraçadinho! Olha, isso aqui me lembra um assunto interessante e divertido, sabe?

TERAPEUTA – É mesmo? O quê?

LÚCIFER – O jogo do dinheiro.

E Lúcifer explica para o Terapeuta o que ele chama de "jogo do dinheiro".

LÚCIFER – O jogo do dinheiro era para ser somente divertido e trazer prosperidade ao homem. Mas ele resolveu deixar a ganância tomar conta. Então, ficou difícil. O jogo é simples: você começa a trabalhar, ganha o dinheiro e multiplica a energia dele com trocas. O multiplicar e dividir na energia do dinheiro traz a abundância. Mas tudo isso ficou perdido porque as pessoas optaram por apenas somar o dinheiro e, ao pagar alguma dívida, por exemplo, muitas vezes o fazem sem abençoar, com tristeza mesmo. Como alguém pode multiplicar seu dinheiro com a energia da avareza? Usam um bem ou serviço e, na hora do pagamento, o fazem com raiva, com pesar. Não é coisa leve, feliz. É pesado. Não é um jogo divertido. Muitas vezes a pessoa fica tão envolvida, que não consegue sair dessa loucura, criada por aqueles homens de olhos de cifrões. Depois falam dos "olhos vermelhos do diabo"! Cara, as pessoas se confundem todas com a ilusão! Os olhos de cifrões são muito mais perigosos do que o diabo-chefe. (risos) Pessoalzinho bobo esse!...

TERAPEUTA – E você está rindo disso, cara? Não acabou de dizer que isso não é certo?

LÚCIFER – Eu sei, mas não se esqueça de que eu estou energeticamente ainda muito ligado em tirar uma com a cara do próximo! (risos)

TERAPEUTA – Eita, já vi que meu trabalho vai ser muito maior do que estava pensando!

LÚCIFER – Ô meu, não se faça de bonzinho não, tá? Você também não é dos melhores terapeutas que conheço, viu?

TERAPEUTA – Pronto, já vai apelar para o psicológico! Está a fim de me ofender para ver se eu perco o controle?

LÚCIFER – E você perde?

TERAPEUTA – O que você acha?

LÚCIFER – Sei lá! Eu que estou perguntando!

TERAPEUTA – Pague para ver, então, "ser das trevas"!

LÚCIFER – Ih, você está ficando bravo, Anjinho!

TERAPEUTA – Será?

LÚCIFER – Cara, você é muito chato! (respirando fundo) Está bem, vamos começar de novo, ok? Não vou provocá-lo. Estou a fim de sossego. Preciso tentar entender várias coisas.

TERAPEUTA – Tudo bem! Pelo menos assim eu posso continuar centrado.

LÚCIFER – Estava ficando desequilibrado, *santa*?

TERAPEUTA – Difícil confiar em você, hein?!?!

LÚCIFER – Esqueça, cara! Estou brincando! (E fica pensativo) Às vezes, me sinto um louco por dentro. Vem aquela vontade de fazer tudo como antes, mas a responsabilidade me chama à razão... ou ao coração! E agora? Qual dos dois está certo?

TERAPEUTA – Você tocou num assunto muito interessante. Mas vamos sair daqui e passear entre as pessoas na rua!

LÚCIFER – Vamos lá!

Eles saem do banco e passeiam pela calçada de uma grande avenida.

TERAPEUTA – A responsabilidade chama à razão ou ao coração? O que significa a expressão "chamar à razão"?

LÚCIFER – Bom, por aí se diz que "chamar à razão" é pedir que uma pessoa verifique se o que ela está fazendo é realmente correto.

Nesse momento, os dois veem um menino com a nítida vontade de jogar pedras em um gatinho. Assim que atira a pedra, um senhor que passava pela rua chama a atenção do garoto, explicando que não deve judiar do gatinho nem de nenhum outro ser, porque isso pode feri-lo.

TERAPEUTA – Veja, isso é chamar à razão... e ao coração também! Primeiro, ele chama a atenção do menino para que saiba o que é errado. Depois, explica o motivo pelo qual não deve agir dessa maneira. E aí, ele chama ao coração mesmo!

LÚCIFER – E é na fase do coração que cada um vai mostrar a grandeza, ou não, do seu caráter, correto?

TERAPEUTA – E eu explicando o que você já sabe!

LÚCIFER – É, meu amigo, mas nós estamos em um intensivão de aprendizado mútuo, lembra? Estamos na fase da revisão geral! Só que quem tem de aprender e passar no exame sou eu!

TERAPEUTA – E acha que estou aqui só bancando o professor? Você sabe que um professor, ao ensinar, está também aprendendo...

LÚCIFER – É, você tem razão. Eu também aprendi muita coisa feia e errada enquanto ensinava o mal aos homens. Sabe aquele cara que dizia que os homens nascem bons e depois é que atrapalham tudo? Acho que ele tem uma certa razão!

TERAPEUTA – Se a gente for pensar que Deus nos criou todos por Puro Amor certamente podemos dizer que a natureza do Amor é essencialmente boa.

LÚCIFER – E aí eu resolvi estragar tudo!

TERAPEUTA – Faz parte da história do Homem!

LÚCIFER – Fez parte! Agora é outro momento. Tenho que ajudar o homem a sair desse buraco!

TERAPEUTA – Mas precisa lembrar que existe o livre-arbítrio! Ninguém o seguiu só porque mandou! Eu sei, você sempre foi ardiloso, soube se aproveitar das fraquezas dos homens e, então, foi tecendo o seu "reino" na Terra. Mas, amigo, isso só aconteceu porque teve quem quis segui-lo. Você mesmo já falou que o homem prefere o caminho mais fácil e oferecia recompensas materiais que os tentavam bastante. Mas, ainda assim, eles poderiam não ter sucumbido à tentação. Inclusive, tanto isso é verdade, que alguns não optaram por esse caminho e – hoje – já estão em outro nível de evolução e ajudam o pessoal que ficou por aqui. E olha que legal: você recebe a mesma oportunidade que esses Seres de Luz!

LÚCIFER – Pô, cara, mas que diferença minha e deles, hein?

TERAPEUTA – E daí? Acha que o Pai está preocupado com essa diferença? Ele quer mais é que se firme no caminho de volta, como você mesmo diz, e passe a fazer parte do – digamos – Time da Luz, bem juntinho dos mais diversos Seres que fazem parte dessa Turma. É, meu amigo, você vai ficar de boca aberta quando souber o nome de todos que estão nessa!

LÚCIFER – Legal! (animando-se)

TERAPEUTA – Mas você tem bastante serviço nessa história, viu?

LÚCIFER – Claro, né? Depois de tudo o que eu fiz para atrapalhar! No mínimo, eu tenho que começar trabalhando na faxina pesada!

TERAPEUTA – É um bom caminho! Mas vamos começar logo?

LÚCIFER – E eu já não comecei?

TERAPEUTA – Claro que sim!

LÚCIFER – Então, vamos continuar!!!

O Livro dos Espíritos

635. Das diferentes condições sociais nascem

as necessidades que não são idênticas para todos os Homens. A lei natural pareceria, assim, não ser uma regra uniforme?

"Essas diferentes condições existem na Natureza e são concordes à lei de progresso. Isso não contraria a unidade da lei natural que se aplica a tudo."

As condições de existência do homem mudam segundo as épocas e os lugares. Daí resultam as diferentes necessidades e posições sociais apropriadas a essas necessidades. Desde que a diversidade está na ordem das coisas, ela é conforme a lei de Deus, e essa lei não é menos una em seu princípio. Caberá à razão saber distinguir as necessidades reais das fictícias ou convencionais.

636. O bem e o mal são absolutos para todos os Homens?

"A lei de Deus é a mesma para todos. O mal, contudo, depende especialmente da vontade que se tem de fazê-lo. O bem é sempre o bem e o mal é sempre o mal, qualquer que seja a posição do homem. A diferença está no grau de responsabilidade."

Nota da autora:

As criações do Homem na Terra servem para seu progresso e amadurecimento como ser espiritual. O uso equivocado dessas criações, firmado no egoísmo e na falta de respeito ao próximo, trouxe ao mundo uma desigualdade muito grande. Um exemplo claro disso é o dinheiro, energia que nasceu para trazer abundância e prosperidade e atualmente é motivo de discussões e traições. Por que não trabalhar essa energia para o Bem de todos?

LÚCIFER – Porque a ganância fala mais alto no coração do Homem!

AUTORA – Mas tem muita gente que não é assim!

LÚCIFER – Claro que tem gente que não é assim! E é com esse pessoal que a gente conta para virar o jogo! O Pai está aguardando o momento em que todos os homens caminhem com responsabilidade pela Vida, pela Natureza. Ele sabe que isso acontecerá em algum momento na vida de todos os Seus filhos!

AUTORA – Isso pode levar muito tempo!

LÚCIFER – Dona, o momento agora é definitivo: quem escolheu o caminho do Bem, cuida de seu mundo interior, vai seguir em Paz. Aqueles que optaram pelo mal respondem por seus atos e são encaminhados a mundos mais adequados a suas energias. Não serão jamais esquecidos pelo Pai! Terão novas oportunidades.

AUTORA – Acredito nisso!

LÚCIFER – Que bom! Os pensamentos positivos nos ajudam muito! Volto para a história agora!

CAPÍTULO V

TRABALHANDO MUITO SÉRIO

E os dois saem à procura de sujeira. Não passa muito tempo e encontram alguns jovens fumando maconha, sentados na rua que, por sinal, estava bastante suja, cheia de papéis e restos de comida. O cheiro, claro, era insuportável. Mas os jovens não estavam nem um pouco preocupados com isso, porque seus sentidos já tinham sido entorpecidos pela maconha.

LÚCIFER – Está vendo aqueles caras? Para eles, a maconha é um jeito de se divertir, curtir uma diferente. Eles se dizem contra as drogas, não tomam bebidas alcoólicas e realmente acham que estão fazendo uma coisa muito inofensiva.

TERAPEUTA – São dois babacas, certo?

LÚCIFER – Como um Anjo pode falar assim de seres humanos que precisam de ajuda?

TERAPEUTA – E como o diabo pode chamar a atenção de um Anjo?

LÚCIFER – Cara, o mundo está mesmo virado!

TERAPEUTA – Nem tanto, criança! A minha atitude é chocante mas a sua... é primorosa! Você vê como isso é genial? Se podemos até inverter as nossas falas, podemos tudo, certo?

LÚCIFER – Que a gente pode tudo, eu já sei. Acho que essa é a maior prova de que Deus está dentro de nós. Agora, cara: você faz isso de propósito, não é !?!

TERAPEUTA – Dá para parar de analisar tudo e simplesmente fazer seu serviço? Nesse exato momento, de que lhe serve saber sobre isso? Olha lá, aqueles dois estão ficando mal...

LÚCIFER – É mesmo. E agora, eu chego de frente ou vou de mansinho?

TERAPEUTA – O que você acha?

LÚCIFER – Do jeito que estão chapados, acho melhor ser direto.

TERAPEUTA – Então, vai...

LÚCIFER – Não sei por que pergunto as coisas para você! No final, eu mesmo respondo!

TERAPEUTA – E eu estou aqui pra tirar todas as suas dúvidas... (diz, zombeteiro).

LÚCIFER faz cara de muxoxo para o terapeuta e segue, pé ante pé até chegar perto dos jovens.

LÚCIFER – E aí, galera?

JOVEM 1 – (Gargalha)

LÚCIFER – Tudo bem como vocês?

JOVEM 2 – Tudo muito belê!

LÚCIFER – Eu queria levar um lero, pode ser?

JOVEM 1 – Levar onde?

LÚCIFER – Aqui mesmo, pode ser?

JOVEM 2 – O que é que pode?

JOVEM 1 – Gargalha novamente.

LÚCIFER – (coçando a cabeça) É, galera, acho que vai ser difícil!

Vira-se para o terapeuta e pergunta:

LÚCIFER – Você acha que eu posso usar meus poderes aqui, cara?

TERAPEUTA – O trabalho é todo seu. Você é quem decide!

LÚCIFER – E se não for uma boa?

TERAPEUTA – Estou aqui para apoiá-lo. Siga a sua intuição!

LÚCIFER – Pô, minha intuição é a voz de Deus. Você acha que eu já abri o contato com o Paizão tão rápido assim?

TERAPEUTA – E desde quando você perdeu esse contato? Ele só estava meio escondidinho dentro desse seu peito vermelho!

LÚCIFER – (falando pra si mesmo, baixinho) Ele tem que fazer gracinha! Não sabia que no Céu a turma era tão bem-humorada!

TERAPEUTA – Por que você acha que nós, Anjos, somos tão felizes? Você já teve seus momentos angelicais!

LÚCIFER – (dirigindo-se ao terapeuta). Surdo é uma coisa que, definitivamente, você não é!

E voltando sua atenção novamente para os jovens.

LÚCIFER – Cambada, é o seguinte: vocês percebem o mal que estão causando a si próprios?

JOVEM 1 – Pô, lá vem outro caretão!

LÚCIFER – Mas, se vocês se orgulham de dizer que não bebem, por que se entorpecem desse jeito?

JOVEM 2 – Isso não faz mal, amigão. Só leva a gente para longe...

LÚCIFER – Vocês não precisam disso para ir "para longe". Existem outras maneiras – bem mais saudáveis – de "ir para longe"!

JOVEM 2 – Ah, cara, sai pra lá que você tá fazendo a gente sair desse barato...

LÚCIFER – É essa a minha intenção.

JOVEM 2 – Mas a gente não quer sair dessa, seu chato!

LÚCIFER – Pois deviam. A maconha faz muito mal para o cérebro de vocês.

JOVEM 1 – É (diz, rindo), deixa a gente muito louco! Estou até vendo você todo colorido!!!

O anjo das trevas vai mudando as cores que estão à sua volta, fazendo com que eles entrem nessa percepção, na tentativa de mexer fundo com os sentimentos dos rapazes.

JOVEM 2 – Cara, você tá mudando muito de cor! Nunca aconteceu isso... acho que passei da conta dessa vez!

JOVEM 1 – Só! Tá tudo muito estranho! Será que a gente não usou só a maconha? Será que eu já tinha cheirado uma e me esqueci? Não pode ser, eu já tinha parado com isso!

E Lúcifer mudava suas cores, olhando fixamente para eles.

JOVEM 2 – Eu estou com medo. Acho que vou morrer!

E o **JOVEM 1** começou a chorar.

Ele continuou a mudar as cores cada vez mais rápido, para impressionar os rapazes. Até que tudo – para eles – ficou escuro e somente a figura do anjo caído se via, brilhante e transparente. Nessa hora, Lúcifer colocou seu "traje de gala" das trevas e mostrou-se aos jovens como o homem o via sempre que acessava a tecla do mal: chifres, rabo e tridente.

O susto foi tanto que eles começaram a tremer. Lúcifer chegou bem perto deles e cuidou para que essa experiência ficasse gravada em suas mentes para sempre. Tinha certeza de que, dessa maneira, eles repensariam suas vidas e a chance de mudarem de atitude era muito grande. Saiu de perto dos rapazes e, voltando a ficar ao lado do terapeuta, esse o recebeu com aplausos.

TERAPEUTA — Muito bem, diabinho! Você matou a saudade dessa sua *performance*?

LÚCIFER — Não brinca, cara! Não gosto mais de fazer isso. Foi uma emergência. Para eles, acho que valeu, pois serão tocados profundamente por isso e, provavelmente, mudarão suas vibrações. Mas, quando eu fazia isso antes, era para unir forçar com homens sem caráter. Lembro-me bem da sensação de poder, que era bem grande, mas também o vazio era imenso! E eu não dava a mínima para isso, porque o que queria era agredir ao Pai. Hoje, sei como eu era ridículo! Esses meninos também estão querendo agredir ao Pai que está dentro deles. Porque agredir a si mesmo é agredir ao Divino. Se os homens soubessem como isso é verdadeiro! Se eles soubessem que, amando a si mesmos, eles estão amando a Deus! Oh meu Pai! Quanto tempo ainda falta para que os seres humanos percebam essa verdade?

TERAPEUTA — Falta pouco, amigo, falta pouco (diz, consolando Lúcifer). Mas você acha mesmo que somente esse teatrinho curou essa turma? Já se esqueceu de como é difícil deixar um vício? Como a mentira faz parte da vida de um viciado?

LÚCIFER – (Pensando). Eu sei, Anjinho. Você tem razão. Mas o que eu posso fazer por esses meninos? Não posso ficar parado aqui, perdendo tempo com eles, enquanto tem tanta coisa para eu fazer por aí!

TERAPEUTA – Você falou exatamente como muitas pessoas que participam da vida desses garotos falam sempre, inclusive os pais. "Não posso perder tempo com ele, tenho mais o que fazer!" É por isso, meu amigo, que a situação chegou a esse ponto! Ninguém teve tempo de dar um carinho, ninguém teve tempo de dar uma bronca, ninguém teve tempo de dar um conselho ou, simplesmente, ninguém teve tempo de dirigir um olhar de compaixão para eles. Agora, a situação está muito complicada! O que fazer? É o que a sociedade pergunta. O que fazer com os viciados? Afinal, além de todo o mal que fazem a si mesmo, eles sustentam o tráfico e o crime organizado!

LÚCIFER – Como eu fiz besteira na minha vida! Como eu pude divulgar que o caminho do mal era mais fácil? Por que eu fiz isso? Eu sabia que era tudo ilusão... como tive essa coragem? E quem disse que isso é coragem? Meu Deus! E agora, trabalhando do outro lado, tentando mudar minha vida e ajudar as pessoas, vejo que o estrago foi incomensurável! Como é difícil ficar triste! Que sensação de impotência estou sentindo agora! Eu que ria de tudo isso!

O Terapeuta chega perto de Lúcifer e coloca a mão em seu ombro. Ele compreende o sentimento tão forte que, nesse momento, o príncipe das trevas está sentindo. E se compadece dele.

TERAPEUTA – Meu amigo, ficar pensando no passado não vai mudar o seu futuro. Você precisa reagir, sair dessa vibração de culpa e de remorso intenso e ajudar a esses meninos. Olha, eles ainda não se recuperaram do choque.

Mas Lúcifer estava tão envolvido em sua tristeza que não queria reagir. Ficava parado, olhando para o chão. Sua cabeça e seu coração estavam longe, lembrando os males que tinha praticado – e incentivado a praticar – especialmente nessa área.

TERAPEUTA – Cara, acorde! Você não tem tempo nem idade para estagnar por causa de culpa. Tem serviço demais por aqui, você mesmo já falou isso. Levante essa cabeça! (diz, com autoridade)

LÚCIFER sai do transe em que se encontrava, respira fundo e diz: Na minha idade e condição, não posso mesmo ficar parado. (E, olhando para o alto, como se falasse com Deus, diz): Perdoe-me, meu Pai, eu errei muitas vezes, mas não quero errar mais! Perdão!

TERAPEUTA – Para que está olhando para o Alto, se você mesmo disse que Deus está dentro de você?

LÚCIFER olha feio para o Terapeuta.

LÚCIFER – Mas você não me dá um tempo, hein?

TERAPEUTA – Foi você mesmo quem pediu que eu ficasse no seu pé.

LÚCIFER – Vai ser competente assim no raio que...

TERAPEUTA – Ei, sem xingamentos, tá? Lembre-se de que eu sou um Anjo.

LÚCIFER – Eu sei, Anjinho. Tem razão. Acho que vou ter que ficar por perto um certo tempo, até que eles realmente andem sozinhos.

TERAPEUTA – É isso mesmo. Depois que um jovem cai no vício, para ele voltar a andar sozinho sem cair na tentação novamente, demora algum tempo. Tempo esse que ele precisa para se fortalecer emocionalmente e deixar a dependência da química, que faz o prazer ser rápido e certeiro.

LÚCIFER – Se eles soubessem que não é necessário nada disso para chegar ao êxtase...

TERAPEUTA – Quem sabe você não conta isso para eles?

LÚCIFER – E você acha que eles acreditariam em mim? Vou parecer um pai babaca, explicando para o seu filho todas as perdas que ele terá com isso!

TERAPEUTA – E daí? Não vale a tentativa?

LÚCIFER – Pode ser...

TERAPEUTA – Bom, alguma coisa você vai ter que fazer, não é? Então, use sua intuição!

LÚCIFER – De novo?

TERAPEUTA – E sempre, meu amigo! Se a intuição é a voz de Deus no seu coração, você acha que pode deixá-la de lado? *Nunquinha, Juquinha!*

LÚCIFER – Eita, que coisa mais antiga, cara!

TERAPEUTA – E quantos anos você tem, nenezinho?

Enquanto isso, os jovens ainda estavam atordoados e não conseguiam parar de tremer. Essa tinha sido realmente uma experiência assustadora.

JOVEM 1 – Mano, não acredito que eu passei da conta hoje!

JOVEM 2 – Não pensei que umas tragadas a mais fariam esse estrago! Estou me sentindo muito mal... o que era legal passou a ser horrível... não estou entendendo nada!

JOVEM 1 – A gente deve ter exagerado muito, achando que já tinha prática no baseado. Não consigo parar de tremer. Acho que estou com frio!

Lúcifer, que passou a prestar a atenção neles, resolve se aproximar devagar.

LÚCIFER – Oi, meninos! (diz tranquila e mansamente).

Nisso, os jovens levam um grande susto e gritam. Eles pensavam que tudo tinha sido alucinação.

JOVEM 1 – Ai, valha-me Deus! Você existe mesmo! Socorro! (sai gritando).

Mas Lúcifer o pega pelo braço, procurando acalmá-lo.

LÚCIFER – Calma, cara. Eu sou seu amigo.

JOVEM 2 – Amigo de chifre e rabo? Quero amigo assim não! Tô fora! *Vade retro! Vade retro!*

LÚCIFER – Olha só, a gracinha sabe falar em latim! Mas não fazer bobagem você não sabe, não é?

Segura os dois pelo braço e já recebe uma bronca do terapeuta.

TERAPEUTA – Ei, você não disse que gostaria de conversar com esses dois para saber o que está acontecendo? (pergunta, procurando trazer Lúcifer à razão e ao equilíbrio). Vá com calma!

LÚCIFER – Bom, para começar, rapazes (explica,

soltando o braço dos jovens) eu não tenho nem rabo nem chifres.

JOVEM 1 – Olha, é mesmo... Acho que eu estava doidão!

LÚCIFER – Certamente que sim. Quando se faz uso de entorpecentes...

JOVEM 2 – Do quê?

LÚCIFER – De drogas, cara, drogas! Maconha, álcool, cocaína, LSD, heroína e outros. Quando alguém faz uso dessas porcarias imundas, costuma ver o capeta de montão, tá? Até virar presunto e chegar ao inferno para morar com ele!

TERAPEUTA – Calma, rapaz, você está perdendo a razão. Controle-se!

LÚCIFER – Desculpem, rapazes, eu estou sem paciência hoje.

JOVEM 1 – Ah, tudo bem, tio, outro dia a gente conversa (diz querendo sair da situação).

LÚCIFER – De jeito nenhum. Outro dia nem pensar! O assunto é para agora mesmo. Podem ficar por aqui!

JOVEM 1 – Tio, a gente tem que trampar. Não dá para ficar de papo!

LÚCIFER – Você vai trampar com a cara cheia da maconha? E vai fazer o que de bom? Todo mundo vai perceber que não está bem.

JOVEM 1- É verdade. Vou ter que faltar de novo ao serviço! Ah, cara! Dessa vez eles me mandam embora!

LÚCIFER – Viu que benefícios a maconha lhe traz? E você achava que tinha controle sobre ela, não é?

JOVEM 1 – Pô, tio, achava mesmo! Ainda acho que tenho, foi só uma escorregada o que aconteceu hoje. (dirigindo-se ao amigo)Não é, cara? A gente não para quando quiser? A gente sabe se controlar, não e?

JOVEM 2 – Só! (diz, ainda bem afetado pela droga). Estou precisando dormir...

Diz isso e despenca no chão, entrando em sono profundo.

JOVEM 1 – E agora? Como vou fazer para tirar o cara daí?

LÚCIFER – Acho bom você ficar por aqui com ele porque também não está em condições de ir a lugar algum.

JOVEM 1 – Não, eu preciso ir para casa! Se minha mãe ligar para o serviço ou os caras ligarem em casa, eu estou ferrado! Minha mãe disse que manda me internar de novo! Me ajuda, tio, me ajuda!

LÚCIFER vira para o Terapeuta: você acha que dá pra levar esses dois pra casa?

TERAPEUTA – Vamos lá! Não dá para deixar os dois aqui desse jeito.

Eles pegam os jovens e os levam até suas casas. Chegando à casa do primeiro, Lúcifer toca a campanhia e uma jovem SENHORA vem atender. Fica assustada ao ver seu filho sendo carregado e começa a chorar.

SENHORA – Muito obrigada, moço, por trazê-los para cá! Pode deixar o amigo aqui, pois o conheço desde pequeno e vou tomar conta dos dois. Vou conversar seriamente com eles. Dessa vez, não vou deixar passar. Eles precisam de uma ajuda mais forte. Pensei que eles tivessem melhorado depois da internação!

LÚCIFER – Minha senhora, é muito difícil sair do vício. É claro que isso pode ser conseguido, mas tem que ter ajuda de todos os lados. E a **SENHORA** sabe como a sociedade pode ser perigosa nesse caso, não é? Somente com a sua ajuda e a da família toda, eles poderão conseguir ultrapassar essa fase tão difícil. Posso dar uma dica? Vocês têm alguma religião? Eu sei que para crer em Deus não é preciso ser um religioso nem frequentar missas, cultos ou coisas afins, mas é sempre bom a gente ter a certeza de que existe uma Força Maior que está velando pela gente. Desculpe falar sobre isso, mas eu sei que ter Fé faz a maior diferença!

SENHORA – Você tem razão, moço! Sabe, nessa vida louca de hoje, a gente sai para trabalhar e volta tão cansada que se esquece de dar uma atenção especial à educação dos filhos. Não é só escola, coisas de boa educação e tal. A educação religiosa é muito importante na formação das pessoas. Mas eu não sei qual religião devo seguir...

LÚCIFER — Se quer uma sugestão, vá a todas elas e veja qual vai lhe trazer paz de espírito. Aí, é só a **SENHORA** segui-la. Se o seu coração se encontrar, o resto todo vai se encaixar!

SENHORA — É, você tem razão (concorda com uma leve risadinha por causa do jeito de Lúcifer).

LÚCIFER — Eu posso visitar vocês, de vez em quando? (diz, timidamente).

SENHORA — Claro, meu amigo, por favor, venha sempre que puder! Uma pessoa tão especial quanto você, que se preocupou em trazer para casa dois rapazes drogados, será muito bem-vinda! Venha, sim, estarei esperando por você!

LÚCIFER — Eu que agradeço sua gentileza. Tchau!

SENHORA — Tchau! (despede-se, entrando em seguida para poder cuidar dos rapazes).

Lúcifer e o Terapeuta retomam seu caminho. Lúcifer cabisbaixo, de mãos nos bolsos, olhava triste para o chão. O Terapeuta achou melhor não dizer nada naquele momento. Era uma hora para introspecção.

Mas durou pouco aquele silêncio pesado, pois logo os dois avistaram algo.

O Livro dos Espíritos

713. A satisfação têm limites traçados pela Natureza?

"Sim, para indicar-lhes os limites do necessário, não obstante os seus excessos levá-los ao tédio, e com isso punir a si mesmos."

714. O que pensar do homem que procura nos excessos de todos os tipos um refinamento de seus prazeres?

"Pobre criatura que devemos lastimar e não invejar, porque está bem próxima da morte."

714a. É da morte física ou da morte moral que ele se aproxima?

"Tanto de uma quanto da outra."

O homem que procura nos excessos de todos os tipos um refinamento de seus prazeres coloca-se abaixo dos animais, pois estes sabem ater-se à satisfação das suas necessidades. Ele abdica da razão que Deus lhe deu por guia e, quanto maiores os seus excessos, maior domínio ele concede à sua natureza animal sobre a espiritual. As enfermidades, e mesmo a morte, consequências do abuso, são, ao mesmo tempo, a punição da transgressão às leis de Deus.

Necessário e supérfluo

715. Como o homem pode conhecer o limite do necessário?

"O homem de bom senso o conhece por intuição; muitos o conhecem à custa de suas próprias experiências."

716. O limite do necessário não foi traçado pela Natureza em nossa própria organização?

"Sim, mas o homem é insaciável. A Natureza traçou o limite de suas necessidades no seu próprio organismo, mas os vícios modificaram a sua constituição e criaram para ele necessidades fictícias."

Nota da autora:

O vício de qualquer espécie representa um desequilíbrio por parte daquele que o cultiva. Atualmente, um de nossos maiores problemas é o consumo de drogas. O álcool mata muitos jovens no trânsito. O cigarro é um matador silencioso, contribuindo para o enfraquecimento da saúde. Em relação às outras drogas, como a maconha, por exemplo, existem até aqueles que defendem seu uso, apesar dos efeitos devastadores no cérebro humano. Já tive o desprazer de ouvir a seguinte frase: "Isso é planta. Se é planta, é Natureza. Se é Natureza, tem a permissão de Deus para ser usufruída". Mais uma vez, o Homem faz mal uso das Concessões Divinas e ainda põe a responsabilidade no Pai.

Todos são livres para escolher, mas também terão que arcar com as consequências de seus atos. Deus deixa-nos livre no caminho da Vida, mas as Leis Naturais estão aí para nos conduzir de volta a Ele. Tudo é aprendizado.

LÚCIFER – Posso interromper?

AUTORA – Vamos lá! Pode falar!

LÚCIFER – Bom, eu fico muito triste quando o assunto é consumo de drogas, porque sei que contribuí muito com a divulgação desta prática. Aliás, gostaria que tudo isso mudasse bem rápido.

AUTORA — Meio difícil mudar rápido. Toda a estrutura que sustenta o consumo de drogas faz parte do tal jogo do dinheiro.

LÚCIFER — É, parece que será muito difícil! (muito triste).

TERAPEUTA — Desculpem, mas posso entrar nessa conversa?

AUTORA — Nossa, onde você estava até agora? Pensei que não quisesse conversar comigo!

TERAPEUTA — Imagine, moça! Eu estava quieto porque sou um observador. Mas, quando esse meu amigo aqui entra nesse estado de tristeza profunda, tenho que tomar à dianteira, sabe?

AUTORA — Está certo! Afinal, você é um terapeuta. Quem melhor para ajudar?

TERAPEUTA — Obrigado pela confiança! Bem, amigo Lúcifer, vamos continuar nosso trabalho na história?

LÚCIFER — sim... (ainda muito triste). Mas eu queria dizer uma coisa.

AUTORA – Diga!

LÚCIFER – Sei que a situação com drogas é muito grave. Mas, no que depender de mim, nem que eu passe a eternidade atrás de cada um que se perdeu nesse vício, tudo vai melhorar muito!

AUTORA – Lúcifer, amigo, parece impossível que a situação melhore porque é sustentada por seres "poderosos" demais! E estou falando também dos seres desencarnados, daqueles que vivem nas trevas e manipulam os que estão na matéria.

LÚCIFER – Que absurdo a senhora está falando, dona! Nada é impossível para o Paizão! A situação está assim agora porque a Lei Divina permite igualdades para todos e as escolhas é que determinam os caminhos diferentes para se chegar a Ele. Mas o Pai tem paciência, sabedoria e amor infinitos para deixar que as Leis tragam a reforma a esse mundo. Ele sabe que todos voltarão para casa. Onde está sua Fé?

AUTORA – Você tem razão. De nada adianta o desespero. Tudo será resolvido, conforme Deus assim o desejar. Tenho muito que aprender, inclusive sobre o real poder do pensamento positivo. Preciso ter mais Fé! Perdoe por mostrar desesperança.

lúcifer – Tudo bem! Um dia você aprende! "Bora trabalhar"!

CAPÍTULO VI

VIVENDO NO PASSADO

LÚCIFER – Ora, o que temos por lá? (diz Lúcifer e sai correndo para perto de uma mulher cambaleante, com o rosto transfigurado).

Várias pessoas a rodeavam rindo, xingando, falando alto, intimidando-a ferozmente. Só então Lúcifer percebeu do que se tratava. Eram homens e mulheres já desencarnados, extremamente perturbados, que sugavam a energia da moça. E ela, sem saber direito o que estava acontecendo, tentava fugir de alguma coisa que a incomodava. Por isso, colocava as mãos nos ouvidos e sentia vontade de correr.

LÚCIFER – Ei, vocês! – gritou. Ei! Parem com isso! (disse, colocando-se entre eles e a mulher).

ESPÍRITO 1 – Qual é, cara? Deixe a gente em paz! Temos coisas a tratar com essa aí!

LÚCIFER – E você acha que falando desse jeito, todos ao mesmo tempo, ela vai conseguir ouvi-los?

ESPÍRITO 2 – É claro que ela ouve! Senão, por que tampa os ouvidos?

LÚCIFER – Ela ouve um zumbido danado e não está entendendo nada.

ESPÍRITO 3 – Ah, mas sabe muito bem o que fez com a gente!

LÚCIFER – Como, se nem está vendo vocês?

ESPÍRITO 1 – Como não? Está até fugindo de nós!

LÚCIFER – Está se sentindo atordoada, confusa. Por isso corre... Aliás, está fugindo de si mesma, não de vocês. Essa moça, na vida presente, tem noção do mal que causou no passado. Por isso sofre tanto de arrependimento! Mas nem mesmo lembra o motivo. E isso a está perturbando agora. Ela precisa de ajuda!

ESPÍRITO 2 – Ei, você não vai tirá-la do nosso caminho, tá?

LÚCIFER — Crianças, vocês precisam de esclarecimento! Sabem que não estão mais na Terra, não?

ESPÍRITO 1 — Como não, cara? O que é isso tudo aqui? (diz, mostrando a rua e os carros).

LÚCIFER — Não é disso que eu estou falando! Falo da vida material na Terra. Vocês não têm mais o corpo físico e, portanto, não respiram mais esse ar terrestre.

Nisso, um dos espíritos começa a passar mal, sentindo falta de ar.

LÚCIFER — Ei, calma! Você não precisa mais disso, diz procurando acalmar a mulher que somente naquele momento se deu conta de seu estado.

ESPÍRITO 3 — Cof, cof... ai, me ajude, me ajude!

LÚCIFER — Calma! Respire fundo...

ESPÍRITO 3 — Cara, você é doido? Eu... estou... passando mal... porque... acabou... de dizer... que não... respiro mais...

LÚCIFER – Não respira mais o ar terrestre porque não precisa mais dele. Existem outras coisas além da Terra, sabia?

O espírito foi percebendo que se recuperava e então se acalmou.

LÚCIFER – Viu como foi fácil? É só parar de se iludir com a matéria.

Os três seres entreolham-se com cara de desentendidos.

ESPÍRITO 1 – O quê? Você quer nos deixar loucos para a Nancy fugir?

LÚCIFER – Quem é Nancy? Aquela moça? Ah, ela está sentadinha ali na rua, se recuperando.

ESPÍRITO 1 – É, mas a gente não quer que ela se afaste muito, entendeu?

LÚCIFER – Calma, amigo! Vamos conversar e você vai deixá-la ir!

ESPÍRITO 1 – Ah, tá! Foi difícil chegar perto dela, viu?

LÚCIFER – Tudo bem, eu sei! Vamos conversar, esqueçam-se dela um pouco.

Nisso, o Terapeuta vem chegando de mansinho. Ele sabe que poderá ajudar Lúcifer de alguma maneira.

ESPÍRITO 2 – E você, quem é? (pergunta ao ver o Terapeuta).

TERAPEUTA – Sou só um amigo, fiquem tranquilos. Não vou atrapalhar vocês.

LÚCIFER – Não adianta ficar insistindo em um assunto tão antigo, (diz voltando-se aos espíritos).

ESPÍRITO 1 – Antigo? O que aconteceu com a gente, por causa dessa "dona" aí, ainda está sangrando, tá? Você não tem noção da nossa dor!

LÚCIFER – Nem preciso disso para dizer a vocês que, seja o que for que tenha acontecido, isso não precisa mais ficar atrapalhando nem a vida de vocês nem a dela.

ESPÍRITO 2 – Você só pode ser um imbecil para falar desse jeito, tá? Como pode avaliar a vida dos outros?

LÚCIFER – (vira para o Terapeuta e diz) – Ei, eu devo ter aprendido alguma coisa, cara, porque ela me xingou e eu nem fiquei com raiva! (voltando-se para o **ESPÍRITO 2** e falando um pouco mais alto e meio bravo). Mas você também não precisa me xingar, sua...

O Terapeuta interrompe rapidamente.

TERAPEUTA – (para Lúcifer) Calma aí, mocinho! Contenha-se! Olha o que acabou de me dizer!

LÚCIFER – (recuperando-se rapidamente) ...lindinha do papai!

LÚCIFER – (recuperando-se totalmente). Eu gostaria muito que vocês entendessem, de uma vez por todas, que a gente não precisa ficar remoendo sentimentos, emoções, sensações de uma vida para outra, e nasce e sofre, e sofre e nasce de novo, e sofre mais um pouco e pega e machuca um e machuca outro e se vinga de um, de outro e rola esse problemão todo vida abaixo, vida acima... sabe? Não precisa nada disso! A questão é muito simples: basta perdoar... (diz isso, vagarosamente, criando um clima de total "paz interior".)

E os espíritos caem na gargalhada, cortando o barato de Lúcifer.

LÚCIFER – Ei, qual é a graça? Estou falando sério (diz inconformado).

E o Terapeuta novamente vem ao socorro de Lúcifer.

TERAPEUTA – Calma, amigo! Ainda estão meio inocentes. Faz muito tempo que eles não escutam essas verdades! Você tem que relembrá-los e, então, eles vão começar a entender!

Lúcifer pensa um pouco, percebe que o Terapeuta tem razão e volta a ter paciência com a galera.

LÚCIFER – Você está certo. Escutem, crianças: têm alguma ideia do que significa perdoar?

ESPÍRITO 1 – É desculpar, sei lá... Ei, mas não vem não, que a gente não vai esquecer o que essa aí fez, tá?

LÚCIFER – Sinceramente? Não vou nem lhe perguntar o que ela fez porque isso não interessa! O importante é que agora ela é mais sábia, mais sensível e não pretende fazer nada que magoe a vocês ou a qualquer outro ser humano!

ESPÍRITO 2 – Ah, tá! E como você sabe disso? Nem a conhece!

LÚCIFER – Se vocês prestassem mais atenção às pessoas, poderiam – assim como eu – perceber esse tipo de coisa. Mas, não, preferem ficar presos ao "pequeno tempo" que estão enxergando e não expandiram suas visões!

ESPÍRITO 1 – O que você quer dizer com isso?

LÚCIFER – Estou dizendo que nem perceberam ainda quanto tempo já se passou desde a época dessa mágoa, da qual agora pedem contas! Não perceberam quantas vezes essa moça já foi e voltou da vida espiritual, do tanto que ela já evoluiu. E vocês estão aí, parados no tempo, não reencarnaram nem andaram para a frente, mesmo na dimensão em que estão, tamanha a cegueira de cada um! Vocês, simplesmente, pararam no tempo e ficaram estagnados! Não deu para perceber, não?

Um dos espíritos olha para si mesmo e percebe que sua roupa é diferente das pessoas que ele vê na rua.

ESPÍRITO 1 – Eu bem que achei minha roupa meio esquisita, mas não me preocupei com isso porque, afinal, vejo cada coisa na rua!

LÚCIFER – Mas não vê um homem com esse sapato de laçarote e meias até a canela e, ainda por cima, com essa peruca toda cacheada! A não ser que seja um travesti fazendo um show! (caçoa Lúcifer).

ESPÍRITO 1 – Ei, eu sou um nobre, tá? Mais respeito, rapaz! (achando estranho) Mas o que é um travesti?

LÚCIFER – Engraçado que, para um nobre de sua época, você não está falando direito. Por que você acha que isso acontece? Acorde, cara! Esse tempo já passou! Essa sua roupinha já está mais do que transformada em pó. Trate de plasmar algo mais moderninho!

Assim que terminou de falar, a roupa do espírito começou a se desfazer rapidamente, deixando-o totalmente nu. Pelo menos, foi assim que ele se sentiu. O espírito deu um grito e Lúcifer rapidamente plasmou uma nova roupa para ele. Bem mais moderninha: *jeans* e camiseta branca sem esquecer, é claro, do par de tênis.

ESPÍRITO 1 – É... essa roupa é bem confortável! E como é que você fez isso? Também posso? Alakazam!!!

LÚCIFER – Mas você é besta! Está pensando que isso é mágica? E de que época você veio, afinal? Da França dos Luíses ou da Arábia do Aladim?

ESPÍRITO 1 – Aladim? Quem é esse cara?

LÚCIFER – Ai, não é ninguém, não! E vamos ao que interessa. Vocês vão ou não deixar essa pobre moça em paz?

ESPÍRITO 1 – E por que deixaríamos? Você não nos deu um bom motivo para isso. Faz muito tempo que estamos atrás dela e, como eu já disse, nós a encontramos há pouco e queremos que ela pague pelo que fez a cada um de nós!

LÚCIFER – Vou repetir minha pergunta: Vocês sabem o que significa perdoar? Pois, eu mesmo vou dar a resposta. Perdoar não é só desculpar e fica por isso mesmo. Tem que ser do fundo do coração. Infelizmente nessa Terra, o perdão vem depois de muito sofrimento, depois que cada uma das pessoas envolvidas em uma questão sofre até não poder mais e, finalmente, entende que somente com o perdão e que encontra a paz de espírito. Aí, elas se encontram, conversam e se perdoam. Depois de mais um tempo, cada ser percebe que, na verdade, acabou por perdoar a si próprio, pois descobriu que somente se sentiu magoado porque se deixou magoar!

Os espíritos ouviam Lúcifer com muita atenção e perceberam que estavam cansados mesmo de sofrer por essa questão específica. Afinal, eles não faziam outra coisa – há muito tempo – a não ser ficar ao redor da moça cobrando contas passadas. Dirigiam suas energias para isso e estavam em pandarecos, em todos os sentidos.

ESPÍRITO 1 – Sabe, eu estou cansado mesmo, muito cansado. Gostaria de ter outro objetivo na vida; na verdade, queria voltar a viver, a ter uma vida. Há quanto tempo eu não dou um sorriso, não me sinto feliz?

ESPÍRITOS – Estamos todos muito cansados!

ESPÍRITO 2 – Eu queria que tudo fosse diferente!

LÚCIFER – E pode ser diferente, meus amigos! Somente o fato de realmente desejarem isso, já é meio caminho andado. Agora, rezem! Peçam ao Pai o auxílio de que necessitam. Ele jamais deixou nenhum filho Seu sem resposta.

Enquanto ouviam Lúcifer, os espíritos se emocionaram muito e – calados – pediam a Deus por socorro. Não demorou para que chegassem até eles Seres de Luz, que os acolheram e os encaminharam para tratamento.

LÚCIFER olhou feliz para o Terapeuta e disse: – Essa missão eu cumpri direitinho, não foi Anjinho? Nem precisei da sua ajuda!

TERAPEUTA – Estava na hora, né? Afinal, você é mais velho do que eu, tem idade pra ser meu tetravô, e fica aí, precisando de apoio!

LÚCIFER põe as mãos na cintura, pensou em dizer alguma coisa, mas desistiu.

TERAPEUTA – Ei, você não vai responder à minha provocação? Está aprendendo mesmo, hein?

LÚCIFER – Não é isso! Agora me passou pela cabeça uma questão importante.

TERAPEUTA – Do que se trata essa questão?

LÚCIFER – Algumas pessoas, que já passaram para a outra dimensão, ainda acham que estão por aqui. Como pode ser isso? Quando a pessoa morre – como se diz – os laços são todos cortados, não é mesmo? E os responsáveis por essa ação trabalham direitinho, nada fica pendente!

TERAPEUTA – Sim, mas não podemos esquecer que cada um tem sua própria crença. Alguns não acreditam que a vida continua, outros acreditam que vão para o paraíso e ainda outros, para o inferno. Não tenho certeza, mas para mim parece que as sensações dos humanos são tão fortes nessa hora (sem dor, nem nada, somente muita emoção), que a mente fica impressionada e cria sua própria realidade. E essa realidade pode ser a de que a pessoa continua viva porque, afinal, ela realmente está viva, embora seja em outra dimensão!

LÚCIFER – Você não tem certeza? Você disse que não tem certeza? Foi isso mesmo que eu ouvi?

TERAPEUTA – Bom, amigo, mistério é sempre mistério para todos... inclusive para mim!

LÚCIFER – Anjinho, nunca pensei que você não soubesse me dar uma resposta!

TERAPEUTA – Eu também estou aprendendo e caminhando na evolução.

LÚCIFER – Imagine, cara! Você é um ser perfeito! É um Anjo!

TERAPEUTA – E daí? Você também é, esqueceu disso? E veja o caminho que escolheu! Eu sei que tem a sua missão, mas tem também os erros que você pode ter cometido no decorrer do cumprimento dessa missão. E aí, eu posso lhe dizer que os Anjos também estão vivendo suas vidas e, como somos ligados a outros seres, estamos expostos a várias situações, com erros e acertos. Inclusive, isso faz parte do nosso compromisso com os seres humanos.

LÚCIFER – É verdade, nós estamos todos ligados uns

aos outros como os elos de uma corrente! E descemos ou subimos conforme o movimento dessa nossa corrente. Quanta coisa a gente tem que aprender! (lembrando-se de algumas coisas). Coitados dos elos da minha corrente! (pensando e levando um susto) Ei, cara! Eu tenho que levantar um montão de correntes que eu ajudei a descer!!! Tenho muito serviço! Vamos lá! Eu tenho que trabalhar muuuiiito!

TERAPEUTA – Calma, cara! Tenho uma coisa pra lhe dizer. Você se lembra daquela escola que frequentamos, onde aquele professor da hora, que também já esteve na Terra, dava aulas ao ar livre e nos fazia discutir tanto sobre os assuntos, até que a gente chegasse à nossa própria conclusão?

LÚCIFER – Sim, é naquela escola onde você aprendeu direitinho como fazer isso e, desde o começo dessa história, deixou que eu respondesse às minhas próprias perguntas, né?

TERAPEUTA (rindo) – Bom, eu tenho que colocar em prática o que aprendo, não é mesmo? Mas você quer dar um pulo comigo nessa escola? Hoje tem uma reunião muito especial com esse professor.

Ouvi dizer que ele está formando mais uma turma de Anjos-Terapeutas-Ouvintes-Conselheiros, assim como eu!

LÚCIFER – Todo terapeuta é ouvinte e conselheiro, cara!

TERAPEUTA – Não necessariamente (diz, pausadamente).

LÚCIFER – Essa eu não entendi!

TERAPEUTA – Vamos logo para lá! No caminho, eu lhe explico.

LÚCIFER – Ah, tá! Imagina se dá tem...

E os dois passam rapidamente de onde estão para a Sala de Aula do professor Sócrates.

O Livro dos Espíritos

155. Como se opera a separação entre a alma e corpo?

"Desligando-se os laços que a retém, ela se desprende."

155a. A separação opera-se instantaneamente e por uma brusca transição? Há uma linha demarcatória entre a vida e a morte?

"Não; a alma se desprende gradualmente e não escapa como um pássaro cativo que, subitamente, se liberta. Os dois estados se tocam e se confundem, de forma que o Espírito se desprende gradualmente de seus laços, soltando-se, não rompendo-se."

Durante a vida, o Espírito liga-se ao corpo pelo seu envoltório semimaterial ou perispírito. A morte é somente a destruição do corpo e não a desse envoltório, que dele se separa quando cessa a vida orgânica. A observação prova que, no instante da morte, o desprendimento do Espírito não se completa subitamente; antes, opera-se gradualmente e com lentidão variável, segundo os indivíduos. Para alguns, é muito rápido e podemos dizer que o momento da morte é também o da libertação. Mas em outros, sobretudo naqueles cuja vida tenha sido toda material e sensual, o desprendimento é muito mais demorado e perdura por vários dias, semanas e mesmo meses, o que não quer dizer que haja, no corpo, alguma vitalidade, nem a possibilidade de um retorno à vida, mas uma simples afinidade entre o corpo e o Espírito, afinidade que está sempre em razão da preponderância que, durante a vida, o Espírito deu à matéria. É racional admitir que, com efeito, quanto mais o Espírito está identificado com a matéria, mais sofrerá para dela se separar. Por outro lado, a atividade intelectual e moral, e a elevação dos pensamentos, operam um começo de desprendimento, mesmo durante a vida corporal e, quando chega a morte, é quase instantânea. Esse é o resultado dos estudos feitos sobre todos os indivíduos observados no momento da morte. Essas observações provam, novamente, que a afinidade que em certos indivíduos persiste entre a alma e o corpo é, às vezes, muito penosa, porque o Espírito pode provar o horror da decomposição. Este caso é excepcional e particular a certos gêneros de morte, apresentando-se em alguns suicídios.

157. No momento da morte, a alma tem, às vezes, uma aspiração ou êxtase que lhe faz entrever o mundo para o qual vai regressar?

"Frequentemente a alma sente que se afrouxam os laços que a prendem ao corpo; é então que se empenha por rompê-los de uma vez. Já em parte separada da matéria, vê o futuro desenrolar-se diante de si e frui, por antecipação, do estado de Espírito."

158. O exemplo da larva que, primeiramente,

arrasta-se sobre a terra, depois se fecha na crisálida em uma morte aparente para renascer em uma existência brilhante, pode nos dar uma ideia da vida terrestre, depois do túmulo, ou seja, de nossa nova existência?

"Uma ideia em menor escala. A imagem é boa, mas é necessário não tomá-la ao pé da letra, como frequentemente se faz."

159. Que sensação experimenta a alma no momento em que se reconhece no mundo dos Espíritos?

"Isso depende; se praticou o mal com o desejo de fazê-lo, sentir-se-á constrangida no primeiro momento, por tudo o que fez. Para o justo, é bem diferente; fica como que aliviado de um grande peso, porque não receia nenhum olhar perquiridor."

Espíritos errantes

223. A alma reencarna-se imediatamente à separação do corpo?

"Por vezes, de imediato; mas, na maioria das vezes, após intervalos mais ou menos longos. Nos mundos superiores, a reencarnação é quase sempre imediata. Com a matéria

corpórea menos grosseira, o Espírito encarnado desfruta de quase todas as faculdades do Espírito. Seu estado normal é como o dos seus sonâmbulos lúcidos."

224. Que é a alma nos intervalos das encarnações?

"Espírito errante que aspira a um novo destino e o aguarda."

224a. Qual pode ser a duração desses intervalos?

"Desde algumas horas a alguns milhares de séculos. De resto, não há, propriamente falando, limite extremo determinado ao estado errante, que pode prolongar-se por muito tempo, mas que nunca é perpétuo. Cedo ou tarde, o Espírito terá de voltar a uma existência que sirva à purificação de suas existências precedentes."

224b. Essa duração está subordinada à vontade do Espírito ou pode ser imposta como expiação?

"É uma consequência do livre-arbítrio. Os Espíritos sabem perfeitamente o que fazem, mas é também, para alguns, uma punição infligida por Deus. Outros pedem o seu prolongamento para prosseguir estudos que não podem ser realizados com proveito, senão no estado de Espírito."

Nota da autora:

Desapego. Essa é a palavra que me vem à mente quando o assunto é a morte. A morte não é o fim, mas o início de nova etapa em nossa volta ao Mundo Espiritual. Não importa se acreditamos ou não nisso, somos recebidos no Astral conforme nossas obras. Difícil é, para quem fica por aqui, perder um ente querido ou mesmo ver catástrofes durante as quais muitos partem do planeta. Como estamos restritos à matéria, duvidamos e nos desesperamos com a ausência física das pessoas. Por isso é importante trabalharmos o desapego. Não é fácil, mas muito necessário.

LÚCIFER – Para os encarnados, a morte é um assunto difícil. Estudar as Leis Divinas e trabalhar o desapego são bons conselhos.

AUTORA – Fácil falar. Mas, na hora da perda de um ser querido, a dor é muito grande.

LÚCIFER – E é exatamente porque vocês dizem e sentem como "perda" que a dor se instala nos corações.

AUTORA – Como a gente não terá mais a companhia física do ser é como se o tivesse perdido!

LÚCIFER – Mas ninguém perde ninguém. Apenas deixa de conviver por um tempo. Se vocês pensassem assim, e essa é a maneira correta, a dor não existiria. Mesmo porque muitas pessoas que partem para o Astral sofreram muito durante sua estada na Terra. Quer maior alívio se o ser pode ir para uma das inúmeras casas de apoio e tratamento?

AUTORA – Está correto. Somos muito egoístas, em muitos momentos.

LÚCIFER – Bem, eu preciso terminar essa história por ora. Posso ir?

AUTORA – Claro e agradeço muito suas colaborações!

CAPÍTULO VII

ESSE É O CARA!

LÚCIFER – ...pô! (Vendo que já estavam no lugar) Não falei?

TERAPEUTA – (rindo) Ah, cara, você é tão divertido!

LÚCIFER faz uma careta para o Terapeuta.

No local, escutam o professor terminando de falar aos Anjos-formandos.

SÓCRATES – ... e tenho certeza de que vocês saberão conduzir as discussões de tal maneira que as pessoas chegarão às suas verdades internas. Lembrem-se: "Só sei que nada sei". Com isso em mente, estaremos sempre trabalhando em uma nova sociedade para os seres humanos, voltada para a busca de si mesmo, para as verdades do Espírito, as verdades do Ser Supremo da Criação, de onde viemos e para onde voltaremos.

Todos aplaudem com entusiasmo o professor querido.

TERAPEUTA – Ah, chegamos no final! Que pena! Dá gosto ouvir o professor **SÓCRATES** falando!

LÚCIFER – Será que ele conversa com a gente um pouquinho? Eu tenho algumas dúvidas...

TERAPEUTA – É claro! Vamos até ele!

E os dois seguem para perto do professor, que está cercado de Anjos-alunos, felizes e animados.

LÚCIFER – Ei, Anjinho! Deve ser fácil ser professor de anjos, não é mesmo? Tenho certeza de que nessa classe ninguém faz bagunça e nem vai para fora da sala! são todos uns anjinhos... (risos)

SÓCRATES – É por isso que eu prefiro as aulas ao ar livre, meu caro. Assim ninguém vai para fora da sala (comenta Sócrates, fazendo graça e dando um susto em Lúcifer, que nem imaginava que o professor ouvia seu comentário).

E o professor, bastante espirituoso, continua:

SÓCRATES – Ei, você já foi meu aluno... Lembro-me bem de você, caro diabinho! Foi um dos meus alunos mais rebeldes! Mais rebelde do que a própria sabedoria!

LÚCIFER – Como?

SÓCRATES – (rindo) Não se preocupe! Na sabedoria tem espaço para tudo, até para a rebeldia. Desde que tudo nos leve ao caminho de volta, não há problemas! Deus nos dá carta branca!

LÚCIFER – Ah, sr. Sócrates, me desculpe, mas se o Paizão desse carta branca imagine o que ia acontecer?

SÓCRATES – Exatamente do que você está falando?

LÚCIFER – De como ia ficar o mundo dos humanos, se Deus não colocasse algumas regras de boa educação, de respeito ao próximo, de...

SÓCRATES olhava fixamente para Lúcifer tentando entender até onde ele chegaria com aquele discurso.

LÚCIFER percebeu aos poucos o que estava falando e retrucou:

LÚCIFER – O senhor pensa que eu sou louco, não é mesmo? O diabo-chefe falando sobre coisas que ele mesmo não cumpriu! E ainda achando que é um absurdo tudo isso acontecer (pensa seriamente). Como se eu não soubesse que sou o grande culpado por tudo de errado que tem na Terra!

SÓCRATES – Você acha mesmo que é o culpado?

LÚCIFER – (percebendo que não enganaria a mais ninguém). É, está bom, está certo! Ninguém tem culpa de nada, porque todos são responsáveis por seus atos!

SÓCRATES – Então...

LÚCIFER – Olha, professor, o senhor está precisando voltar lá para a Terra, viu? Por aquelas bandas, os "poderosos" não deixam os professores ensinarem como o senhor, não! Está pensando que eles querem perder a mamata? De jeito maneira! Professor que ensina a pensar fi-ca de fo-ra! Caminha com muitas dificuldades em sua missão.

SÓCRATES – Eu sei disso! Por que você acha que eles me deram veneno para beber? Essa história é bem antiga nesse planeta.

LÚCIFER – E não dá para o senhor voltar, para combater tudo isso?

SÓCRATES – Não adianta somente eu voltar para lá, assim como não adianta simplesmente você, digamos, "mudar de lado". Você entende isso? Depende de cada um, de cada vontade, de cada história de vida. Nós tivemos nosso papel, demos nosso recado e agora temos que trabalhar em outras dimensões a fim de continuar nossa missão.

LÚCIFER – Então, o senhor acha que não adianta eu ficar por lá ajudando a consertar toda a ilusão que eu criei?

SÓCRATES – O que você pensa sobre isso?

LÚCIFER – Eh, lá vamos nós, como sempre,

143

responder à nossa própria pergunta... Bem, eu penso que eu posso dar uma boa ajuda para as pessoas, especialmente para aqueles que andam ainda pelos caminhos sem Luz. Mas eu sei também que não dá para fazer o serviço dos outros!

SÓCRATES – Então, cuide de fazer o seu serviço. É isso que faço por aqui: o meu serviço.

LÚCIFER – Mas eu também acho que devo ficar por lá mais um tempo!

SÓCRATES – Então fique, meu dileto aluno! Nós devemos fazer aquilo que acreditamos ser o certo, o que o nosso coração nos manda fazer. Essa é uma grande lição e eu a aprendi durante o meu caminhar. E por isso lhe digo que, no momento, não adianta eu voltar para a Terra. Estou sendo mais útil aqui, no Astral, inclusive aprendendo muito com os Anjos.

LÚCIFER – Essa deve ser a frase mais comprida que o senhor já fez sem questionar nada, não é?

SÓCRATES sorri.

LÚCIFER – Bem, professor, foi um imenso prazer revê-lo!

SÓCRATES – O prazer é todo meu, senhor Lúcifer! Tenho certeza de que você será um vitorioso em sua missão. Como tem sido até agora, claro! Eu mesmo já aprendi muito com você. Sua atitude sempre me incentivou a ser uma pessoa corajosa.

LÚCIFER – Minha atitude??! Mas eu sou o demônio, o diabo, o satanás, aquele que todo mundo quer ver longe... (pensando bem). Bom, tem sempre uma turma que me quer bem pertinho!

SÓCRATES – Pois é, meu caro! É preciso muita coragem para fazer esse papel de mau. O nosso Paizão, como gosta de dizer, soube escolher muito bem. Veja, você se envolveu de tal maneira que em alguns momentos teve dúvida de sua Essência Divina. Viveu momentos de intenso ódio ao Bem, propagou sentimentos e ações ruins, enganou, traiu, incentivou o mal pelo mundo. Porém, somente conseguiu chegar ao seu posto de "rei das trevas" porque encontrou eco no coração humano. Ninguém pode acusá-lo de nada porque, afinal, Deus tem um Plano para cada ser. E

145

Ele sabe que faz parte desse plano a passagem pelo caminho do mal. Ele jamais julgou o Homem por isso. Simplesmente Nosso Pai está aguardando nossa volta para Seus braços. Todos voltaremos! Agora é a sua vez.

Lúcifer estava de boca aberta. As palavras ditas por Sócrates pareciam acordar seu Eu interior. Nesse momento, percebeu a grandiosidade de sua vida e por um instante olhou para dentro de si mesmo e encontrou-se com Deus. Transfigurado, percebeu que tudo tinha valido a pena, simplesmente porque ele estava cumprindo sua missão e trilhando seu próprio caminho.

Sócrates percebeu o momento de introspecção e foi saindo de mansinho.

LÚCIFER estava tão envolvido em sua descoberta que ficou estático por um tempo, buscando digerir o momento de conscientização.

Responsabilidade... Opção... Amor Incondicional...

LÚCIFER – "Pai, se o senhor precisa que eu desça ao mundo para ajudar ao meu irmão, eu irei!"

DEUS – "Filho querido, isso pode ser muito difícil! Sua missão vai envolver queda moral e espiritual. Para cumprirdes esse papel, deverás esquecer – em vários momentos – quem tu és. Mas isso ajudará ao homem a lembrar-se de quem ele é. Serás visto como o pior ser já existente. Teu nome será sinônimo de sentimentos pesados, completamente contrários ao teu aprendizado até o momento".

LÚCIFER – "Pai Amado, se eu preciso dessa missão para reforçar-Te dentro de mim, então eu irei, pois tudo será válido. Para mim e para os homens. Eu sei que, no momento do meu retorno, terei de volta minha consciência. E por mais que ela me acuse, com Tua ajuda, Meu Pai, serei forte e vencerei."

Lembrando-se disso, Lúcifer cai de joelhos e diz, emocionado:

LÚCIFER – "Meu Doce Pai, Seja Feita a Tua Vontade. Ficarei onde Tu ordenares e, para tanto, ouvirei Tuas palavras em meu coração, pois ele é a Tua Voz. Ajuda-me, Pai, a não errar mais. E se eu cometer erros, ajuda-me a consertar meu caminho.

147

Que eu possa levar aos homens a minha mensagem que é a Tua Mensagem. Preciso, agora, revelar ao Homem que nas trevas, no mais profundo abismo dos seres que eu ajudei a criar (sempre com a autorização de cada um) também seu Olhar de Pai está cuidando de todos, sem distinção, aguardando o momento de cada um retornar para Ti. Abençoe-me e aos meus irmãos homens, Pai querido! Esse Teu filho quer escutar de novo Tua Voz com a clareza de outrora. Quero merecer estar sentado à Tua esquerda. Por isso, escolho ficar perto dos homens. Para guiá-los a Ti, mesmo que seja pelo caminho mais difícil, e sempre pela escolha individual de cada ser. Se essa é ainda parte da minha missão, no momento eu não sei. Mas também isso não importa. Quero seguir meu coração e, agora, ele diz para ficar junto a meus irmãos, os seres humanos, porém não mais como um ser das trevas. Ajudarei a todos que nelas trabalham para limpar o planeta. Buscarei ser uma Luz que ilumina o mundo.

INÍCIO

(porque isso não pode ser o fim!)

O Livro dos Espíritos

626. As leis divinas e naturais foram reveladas aos homens apenas por Jesus. Antes Dele, eram conhecidas somente pela intuição?

"Não dissemos que estão escritas por toda parte? Todos os homens que meditaram sobre a sabedoria puderam, assim, compreendê-las e ensiná--las desde as mais remotas eras. Mesmo incompletos, os seus ensinamentos prepararam o terreno para receber a semente. As leis divinas estão inscritas no livro da Natureza; o homem pôde conhecê-las sempre que desejou buscá--las. Eis por que os Seus preceitos foram proclamados em todos os tempos pelos homens de bem e também porque encontramos os Seus elementos na doutrina moral de todos os povos saídos da barbárie, posto que incompletos ou alterados pela ignorância e a superstição."

ENRIQUEÇA
SEUS CONHECIMENTOS

Meus Amigos Inteligentes
Marcel Benedeti

Todos os animais são nossos amigos? Quais são os mais evoluídos? Os animais reencarnam? Essas e outras dúvidas do leitor encontrarão resposta nesta obra, que trata do lado sensível dos animais.

Qual a sua dúvida para o tema: A Espiritualidade dos Animais
Marcel Benedeti

Todos os animais são nossos amigos? Quais são os mais evoluídos? Os animais reencarnam? Essas e outras dúvidas do leitor encontrarão resposta nesta obra, que trata do lado sensível dos animais.

O Caçador de Espíritas
Agnaldo Cardoso

O leitor descobrirá um pouco de si mesmo em cada personagem, na medida em que todos eles são reunidos em um único local e começam a questionar seus valores, a falta de fé, ou a sua incredulidade na existência dos espíritos e no fenômeno mediúnico, fatos que conduzem o relato a um desfecho interessante e inesperado.

www.mundomaior.com.br

COM OBRAS DA MUNDO MAIOR

Rumo à Eternidade
Norma Jorge Moreira
Espírito Fernando de O Campello

Nessa história de idealismo humanitário, o belo e bondoso jovem Pérsio, filho de um orgulhoso e rico senhor de terras, luta para vencer os desmandos do próprio pai no propósito de ajudar os menos favorecidos.
Rumo à Eternidade é um romance capaz de inspirar ideais de fraternidade e esperança.

Odisseia de uma Alma
Lourdes Carolina Gagete

O leitor é convidado a mergulhar no universo de experiências vivenciadas por Lua, uma curiosa menina que, apesar de ter permanecido poucos anos na Terra em sua última encarnação reclusa em convento, relata com sabedoria e profundidade importantes questionamentos da vida.
Uma história emocionante que aborda o mundo sórdido da pedofilia bem como a luta da personagem para vencer barreiras.

Gestão Emocional
Rosangela Montenegro
Silvio de Souza

A proposta dos autores é que cada um aprenda a administrar os próprios sentimentos e emoções. No fim de cada capítulo, há valiosos ensinamentos de Allan Kardec.

Contato (11) 4964-4700

Acesse nosso *site* e redes sociais.

www.mundomaior.com.br

DESPERTANDO CONHECIMENTO

Curta no Facebook
Mundo Maior

Siga-nos
@edmundomaior

Acesse nosso Blog:
www.editoramundomaior.wordpress.com